Madone (la) des roses

LA
MADONE DES ROSES

DRAME

Représenté pour la première fois à Paris, sur le théâtre de la GAITÉ
le 5 décembre 1868.

Clichy. — Imp. de M. Loignon, Paul Dupont et Cie, rue du Bac-d'Asnières, 12

LA
MADONE DES ROSES

DRAME EN CINQ ACTES, EN PROSE

PAR

VICTOR SÉJOUR

PARIS

MICHEL LÉVY FRÈRES, ÉDITEURS

RUE VIVIENNE, 2 BIS, ET BOULEVARD DES ITALIENS, 15

A LA LIBRAIRIE NOUVELLE

—

1869

PERSONNAGES

CÉSAR D'ESTE.............................. MM. DUMAINE.
ANDRÉA.............................. PAUL DESHAYES.
SCOPA.............................. VANNOY.
LE PIONE.............................. LACROIX.
ANTONIO SALVIATI.............................. LATOUCHE.
FABRIZIO.............................. MANUEL.
TURCI.............................. MONTLOUIS.
VARANO.............................. JOUANNY.
ASTOLFO.............................. HENRY.
FRANCESCO.............................. THIERRY.
UN PAYSAN.............................. MALLET.
LYDIA.............................. Mmes ADÈLE PAGE.
FIAMMA.............................. JANE ESSLER.
LA CAPOUANE.............................. DUGUERRET.
GIOVANNA.............................. BRÉBION.
CARLOTTA.............................. LAURIANNE.
MARIA.............................. DUFRESNAY.

SEIGNEURS, GARDES, PAYSANS, VIGNERONS.

La scène se passe à Modène, en 1695.

S'adresser à M. Léon VAZEILLE, régisseur général, pour la mise en scène de cet ouvrage; et à M. FOSSEY, chef d'orchestre, pour la musique. (*Théâtre de la Gaîté.*)

LA

MADONE DES ROSES

ACTE PREMIER

La salle des ambassadeurs au palais des ducs de Modène. — Tentures sombres avec dentelles et arabesques dorées. — Écussons de la maison d'Este peints sur les murs et sur les meubles. — A droite, un grand portrait masquant une porte dérobée. — Portes à gauche. Portes au fond s'ouvrant sur une galerie.

SCÈNE PREMIÈRE

ANDRÉA, GARDES et SERVITEURS, FEMMES DE SERVICE.

Les gardes et les gens du palais, hommes et femmes, prient, agenouillés dos au public et face à une grande fenêtre taillée en pan coupé dans l'angle gauche. Les cloches sonnent au loin à toutes volées. — Entre Andréa par l'une des portes du fond, il est visiblement ému.

ANDRÉA.

Ah! ces cloches!.. Je n'ai osé interroger personne!... Les gens du palais en prière!

UNE FEMME.

Le duc est mort, capitaine!

ANDRÉA.

Le duc de Modène ?

UNE FEMME.

Oui, capitaine, notre maître, le duc François II !... Qui vient d'enlever le corps.

ANDRÉA.

Mon protecteur !...

Il s'agenouille dans un coin. Le Pione entre. Il est tout jeune, mince et grêle; une bosse énorme surmonte son épaule droite. A la vue des gens du palais, il s'arrête avec impatience.

SCÈNE II

LES MÊMES, LE PIONE.

LE PIONE, *à part, sans voir Andréa.*

Encore ! passons outre !... (*Revenant sur ses pas.*) Non, je n'aurais qu'à être surpris. Le cardinal Renaud n'aime pas ces maladroits. (*Les regardant.*) Ah ! les bonnes âmes !... en voilà un qui dort... c'est le plus franc ! Est-ce qu'ils vont dormir ou se désoler dans ce salon jusqu'au jugement dernier?... Voyons ça !...(*Bas à l'un des gardes.*) Astolfo !

ASTOLFO, *se retournant.*

Le Pione !

LE PIONE.

Oui !... écoute et profite : il vient d'arriver dans la salle basse une compagnie de lansquenets au service de monseigneur César d'Este... notre nouveau duc... ils jouent un jeu d'enfer !

ASTOLFO.

Ah !

Astolfo dit quelques mots à l'oreille de ses compagnons ; ceux-ci ont l'air de l'approuver ; et pendant que le Pione, qui les observe malicieusement, traverse la scène pour aller au groupe de gauche, principalement composé de femmes, les gardes se lèvent et disparaissent sans bruit.

LE PIONE, *à part.*

Bon ! aux hommes, le jeu... aux femmes, l'amour ! (Il s'approche d'une femme qui sanglote et lui frappe doucement sur l'épaule.) Maria !

MARIA.

Je te croyais à l'église avec la comtesse ?

LE PIONE.

Écoute! ta douleur te fait oublier l'heure, Maria... on t'attend... tu sais où !...

MARIA.

Mais...

LE PIONE.

Vous êtes trois ici... trois ils sont là-bas, qui jurent et pestent après votre inexactitude... Est-il sage de sacrifier trois vivants à un mort ?

MARIA.

Petit démon !

Elle se lève vivement ; les deux autres femmes, qui écoutaient sans en avoir l'air, essuyent leurs yeux et la suivent.

LE PIONE.

Et voilà !... je suis seul, à moi le testament de François II !...

Il se dirige vers la porte de droite et aperçoit Andréa.

SCÈNE III

ANDRÉA, LE PIONE.

LE PIONE.

C'est Andréa ! (Haut.) Bonjour, capitaine

ANDRÉA.

Le Pione, notre pauvre maître n'est plus !

LE PIONE.

Vous l'aimiez bien, vous.

ANDRÉA.

Je lui dois d'être ce que je suis.

LE PIONE.

C'est le moins que vous pouviez espérer.

ANDRÉA.

Je n'aime pas à t'entendre parler de la sorte, toi, un enfant.

LE PIONE, amèrement, à part.

Un enfant!... (Haut.) Vous ne vous rendez pas à l'église... la cérémonie n'est certainement pas terminée?

ANDRÉA.

Montre-moi la chambre où Son Altesse a cessé de vivre... c'est là que je veux prier et pleurer?...

LE PIONE, entr'ouvrant une porte de gauche.

La deuxième pièce à droite!

ANDRÉA.

Merci!

Il sort.

LE PIONE, à part.

Vite, dépêchons!

Il sort du côté opposé. — Entrent Scopa et Varano.

SCÈNE IV

LE PIONE, SCOPA, VARANO.

SCOPA.

Très-bien. J'aurais dû remettre les clefs du palais au chambellan.

VARANO.

On m'a chargé de ce soin. Le nouveau duc me garde comme médecin. Vous rentrez donc à son service?

SCOPA.

Je ne l'ai jamais quitté. Comédie bien jouée, n'est-ce pas, puisque vous-même vous y êtes laissé prendre? Don César m'avait laissé à Modène pour surveiller les derniers moments du feu duc. Celui-ci, sans moi, n'aurait pas fait de testament. La comtesse Fiamma m'en a voulu.

VARANO.

Dona Fiamma... Oui... la couleuvre florentine! Je l'ai conune fille d'auberge à Rome toute comtesse de Monte-Rebio qu'elle est.

SCOPA.

Elle serait duchesse de Modène si le feu duc ne s'était pas marié à temps.

VARANO, malicieusement.

Après avoir été?...

SCOPA.

Elle le nie. Une habile commère. On ne lui connaît pas d'amant. Elle a été seulement du conseil secret de plus d'un prince. Beauté dangereuse.

VARANO.

Pour qui ?

SCOPA.

Cherchez bien. Don César est un artiste. Il mettrait sa couronne de travers si une donzelle, qui lui plaît, campait son bonnet sur l'oreille. Un jour nous nous rendions à la messe du bout-de-l'an de madame sa mère. Déjà au seuil de l'église, il aperçoit à une fenêtre une infante du quartier, les lèvres entre-bâillées sur une rangée de dents blanches et d'abondants cheveux bruns éparpillés sur les épaules. Il me dit : « Regarde »!... J'obéis, et me retournant pour lui répondre.. Ah! bien, oui!... il avait disparu. J'entre à l'église : il n'y était pas. Vous trouvez cela rassurant ?

VARANO.

L'exil de dona Fiamma est résolu. Le marquis Sergio est chargé de le lui signifier.

La Capouane paraît dans le fond.

SCÈNE V

LES MÊMES, LA CAPOUANE.

LA CAPOUANE, *à part, sans les voir.*

Ah! ce palais!... Autrefois, j'y suis entrée avec un titre et un rang... j'en suis sortie dépouillée, proscrite, errante, en haillons!..

SCOPA.

Que demandez-vous?

LA CAPOUANE.

Moi!... je désire parler au capitaine Andréa, mon bon seigneur, il doit être de retour de la mission que le feu duc lui avait confiée.

SCOPA.

Non, pas encore.

LA CAPOUANE.

Puis-je l'attendre?...

SCOPA.

Au palais ducal, impossible, bonne femme, on se prépare à recevoir le nouveau duc don César d'Este.

LA CAPOUANE.

Don César!

SCOPA.

Hein!

LA CAPOUANE, se reprenant.

Oui... oui... Le frère naturel du duc François.

SCOPA.

Et son héritier!... C'est mon élève. Même ses vices me font honneur.

LA CAPOUANE.

J'irai prier à l'église des Récollets... à droite... près de la chapelle de la Vierge... Voulez-vous le dire au capitaine?...

SCOPA.

Vous vous nommez?

LA CAPOUANE.

La Capouane.

SCOPA.

Vous êtes sa parente?

LA CAPOUANE.

Je suis sa mère.

SCOPA.

Votre commission sera faite.

LA CAPOUANE.

Merci ! *Elle sort.*

SCÈNE VI

SCOPA, VARANO.

SCOPA, *cherchant dans ses souvenirs.*

La Capouane !... Ah !... (*A Varano.*) C'est une vigneronne des environs de Correggio. Le feu duc, tombé de cheval, s'était fait transporter chez elle. En souvenir de ses soins, il a élevé son fils au grade de capitaine. Il l'a même, en mourant, chaudement recommandé à don César. Il faut le ménager.

VARANO.

Les clés ?

SCOPA.

Les voici !

VARANO.

Toutes ?

SCOPA.

Une seule exceptée, celle de la chambre des Aigles.... les aigles bleus..... où est le testament. Le feu duc me l'a confiée avec ordre de ne la remettre qu'à son successeur.

VARANO.

Précaution utile.

SCOPA.

Très-prudente : le précieux parchemin disparaissant, don César ne serait demain qu'un simple gentilhomme de la maison d'Este et le cardinal Renaud, son oncle, duc de Modène?...

VARANO.

Évidemment.

SCÈNE VII

LES MÊMES, FIAMMA, MARIA, puis ANDRÉA.

FIAMMA, *à Maria.*

C'est bien, laissez-moi !

SCOPA, bas à Maria.

La tigresse montre les dents.

MARIA.

Elle revient de l'église. La duchesse Marguerite et les princesses de la maison d'Este l'ont presque fait chasser de la place d'honneur où elle s'était mise.

Scopa rit, Maria se sauve.

FIAMMA, se retournant.

N'ai-je pas dit que je voulais être seule?

SCOPA.

A vos gens!... nous n'en sommes pas, nous.

FIAMMA.

Insolent! sortez!

Entre Andréa.

SCOPA.

La signora Fiamma...

FIAMMA.

La comtesse Fiamma de Monte-Rebio, je vous prie!

SCOPA.

La signora Fiamma.

FIAMMA.

Depuis quand me parle-t-on le chapeau sur la tête?

SCOPA.

Eh! madame, depuis... vous n'êtes plus la maîtresse ici, enfin!

ANDRÉA.

Le moment est mal choisi pour vous en souvenir. Chapeau bas!

Il jette son chapeau par terre.

SCOPA, portant la main à son épée.

Mort-Dieu! nous aurons du sang!

VARANO, voulant entraîner Scopa.

Non... non!

SCOPA.

Qu'avez-vous donc?

VARANO.

Rien... une ressemblance... je croyais reconnaître le feu duc!

SCOPA.

Ce n'est que le capitaine Andréa!

VARANO.

Il a été recommandé à don César, vous le savez bien!

SCOPA.

C'est juste!... (A Andréa.) Nous nous retrouverons!

Ils sortent.

SCÈNE VIII

FIAMMA, ANDRÉA.

FIAMMA, à part.

J'espérais ne plus le revoir! (Haut.) Je vous remercie, capitaine!

ANDRÉA.

Mon devoir était tracé, madame; tout autre, à ma place, eût agi comme moi.

FIAMMA.

Vous me faites regretter mon pouvoir, j'aurais voulu vous recommander au nouveau duc.

ANDRÉA.

Est-il élu, madame?

FIAMMA.

L'élection aura lieu aujourd'hui même... après la lecture du testament.

ANDRÉA.

Sait-on son nom?

FIAMMA.

Don César d'Este.

ANDRÉA.

Don César d'Este!

FIAMMA.

Je le croyais adoré de nos soldats?

ANDRÉA.

C'est possible.

FIAMMA.

Vous semblez ne pas l'aimer?

ANDRÉA.

Je l'avoue.

FIAMMA.

A-t-il été injuste envers vous?

ANDRÉA.

Je ne l'ai jamais vu.

FIAMMA.

Un ennemi de votre famille peut-être?

ANDRÉA.

Je n'ai connu que ma mère.

FIAMMA.

Elle vit?

ANDRÉA.

Oh! Dieu merci!... nous avons une vigne aux environs de Correggio, dont elle s'occupe.

FIAMMA.

Elle est seule?

ANDRÉA.

Une amie égaye sa vieillesse... la Madone des Roses.

FIAMMA.

J'ai entendu parler de cette jeune fille...

ANDRÉA.

C'est ma fiancée.

FIAMMA.

Ah!... elle est jolie, dit-on?

ANDRÉA.

Elle seule l'ignore. Son exquise beauté vient de son âme.

FIAMMA.

Fleur rare!... ne l'exposez pas aux regards avides des passants.

ANDRÉA.

Je saurai la défendre.

FIAMMA.

Au souffle lascif de César d'Este surtout... Ce qui est beau l'attire!

ANDRÉA.

Dieu le garde, et me garde de ce malheur!... (Revenant sur ses pas.) Est-ce d'instinct ou par pressentiment que je le hais? non, c'est de la haine des autres!... Infâme et cruel pour sa première femme, monstrueux et lâche envers Antonio Saviati, tout l'homme est là!

FIAMMA.

Sa première femme?

ANDRÉA.

Ah! vous ne le savez pas!... il y a vingt ans, il fut lié par un mariage secret. Toute cette terrible histoire se raconte tout bas dans le peuple. Il lui était né un fils. Une nuit, la mère et l'enfant disparurent. On crut à un voyage. Mais deux jours après, César d'Este se remariait à Forrare. Oui, madame, il se remariait!... et au moment où il entrait à l'église avec son épousée au bras... C'est toujours le peuple qui parle. A ce moment-là une femme désespérée éleva au-dessus de sa tête un petit être qui souriait et tendait les bras. César resta impassible. Seulement il toucha du doigt le manche de son poignard. Un murmure sombre courut dans la foule. Mais quand on chercha la femme, elle avait disparu. Elle s'était comme engloutie.

FIAMMA.

Comment se nommait cette malheureuse?

ANDRÉA.

On s'est souvenu de son malheur, on a oublié son nom. Cet homme n'a pas moins prospéré. Ah! la justice de Dieu est si lente parfois qu'on la croirait aveugle et sourde!

FIAMMA.

Elle existe!

ANDRÉA.

Que voulez-vous dire?

FIAMMA.

Rien!... continuez!...

ANDRÉA.

César d'Este ne s'est pas démenti depuis. Une fois, c'était

à la guerre. On montait à l'assaut d'une forteresse. César voulut planter son épée le premier sur la plate-forme. Les balles et la mitraille pleuvaient. Il grimpait, son épée entre ses dents; d'autres, accrochés aux échelles, grimpaient aussi. Le feu éclata. L'incendie refoulé par le vent se couchait et s'étendait sur les assiégeants comme des vagues. On étouffait; les morts tombaient; mais les vivants montaient toujours! Enfin César posa le pied sur le sommet. Quelqu'un l'avait devancé, c'était un paysan, un fils de bûcheron, c'était Antonio Salviati... Il avait fait sa trouée avec une faux. César rugit en le voyant. L'autre, accoudé sur sa faux, rayonnait de sa gloire. César fit un geste... On se jeta sur le vainqueur... On le garrotta... et, traîné au fond d'une prison, il y resta cinq ans... cinq de ses plus belles années... et en sortit presque fou et perclus!

FIAMMA.

Horreur!

ANDRÉA.

Je connais la victime, je lui ai parlé, c'est le père de Lydia, ma fiancée!

FIAMMA.

Je ne croirai jamais à ces cruautés!

ANDRÉA.

Elles vous paraissent impossibles... ou ce qui se passe dans les multitudes, douleurs ou désespoirs, vous reste étranger?.. C'est un tort, madame. Les larmes d'un peuple, à force de couler, grossissent dans l'ombre; elles deviennent torrent; elles ressemblent à ces fleuves, dont la source est inconnue, et qui finissent tôt ou tard par tout engloutir et tout emporter dans leurs flots!

FIAMMA.

Que répondrai-je à César d'Este, si Son Altesse me parlait de vous?

ANDRÉA.

Je ne servirai jamais ce tyran. Voici mon épée!.. (*Il va pour la poser sur la table et s'arrête.*) Mais non!... Elle, non plus, ne veut pas d'un nouveau maître!... (*Brisant son épée.*) Mon bon et loyal camarade, adieu ! (Montrant l'épée brisée à Fiamma.) Ces débris répondront pour moi !

Il salue profondément et sort.

SCÈNE IX

FIAMMA.

Comment ne l'aimerait-on pas !... Aimer !... Je ne m'appartiens plus ! l'ambition, le pouvoir, la grandeur !... (Montrant le portrait.) tout cela est là... derrière cette toile !.. J'aurai ce testament ! (Pause.) Sans lui, le règne de César est éphémère... sa puissance est une ombre... En le lui rendant j'affermis son trône... et... et nous partageons !... Quelle revanche à prendre sur toutes ces ingratitudes qui m'ont mise à l'index !.. Fiamma, courtisane, soit, mais elle sera duchesse !... oui, duchesse de Modène, ou rien !.. duchesse souveraine !.. Une fois sur mon trône, mesdames, nous verrons si vous êtes d'assez bonne maison pour vous tenir assises à mes pieds !... (Elle s'assure que personne ne peut la surprendre, puis se dirige vers le portrait.) La porte secrète est là !.. Seule je la connais !... (Elle tire une petite clef de sa poche, avec ironie.) A quoi aboutissent les précautions humaines ?... une double clef, et le tour est joué !... (Elle ouvre la porte.) A moi les dernières volontés de François II !..

Elle entre dans la chambre. Le Pione revient par le fond.

SCÈNE X

LE PIONE, puis FIAMMA.

LE PIONE, à part

C'est fait !... je l'ai !... Cette porte ouverte !... (Il va regarder.) Fiamma !... quel intérêt peut-elle avoir ?... la voici!

Il se retire dans le fond.

FIAMMA.

Le testament a été volé !... par qui ?... Ah ! les événements que je croyais conduire se tournent contre moi !

LE PIONE, à part.

Que dit-elle ?

FIAMMA.

J'étais duchesse sans cela !... Mais non, courtisane... mais non, aventurière... retombe dans tes intrigues d'alcôve... Tu n'es que Fiamma !

LE PIONE, à part.

Je ne remettrai rien à Renaud d'Este. Oh ! sois tranquille, maîtresse... ton chien qui t'aime... et n'aime que toi... ne te mordra jamais !

FIAMMA, apercevant la porte qu'elle a laissée entr'ouverte.

Ah !... imprudente !... (Elle la ferme.) Cette clef est désormais inutile... elle ne peut que me compromettre ! (Elle ouvre la fenêtre et la jette ; en se retournant elle aperçoit le Pione.) Le Pione !

LE PIONE.

Je vous suis dévoué, madame !

FIAMMA.

Tu étais là... depuis longtemps ?

LE PIONE.

Depuis assez de temps pour pouvoir vous dire : S'il faut n'avoir rien vu, je serai aveugle... et s'il faut se taire, je suis muet.

FIAMMA.

Merci, enfant ! (Elle s'assied.) La fortune tourne !

LE PIONE, s'asseyant par terre, et s'étendant peu à peu, tout en parlant, aux pieds de Fiamma.

Vous tenez beaucoup à ce testament, maîtresse ?

FIAMMA.

Autant qu'à la vie.

LE PIONE, mélancoliquement.

La vie ! ah ! oui... il faut vivre ! (Amèrement.) Et quelle vie souvent !... Je n'ai eu ni père ni mère, moi. J'ai été ramassé à la porte d'un couvent. Ma nourrice m'a vendu à des bohémiens qui ont exploité mon infirmité. Ah! la belle vie!... j'aime peut-être... et quand je me regarde... enveloppe d'araignée, âme d'homme!... Je me dis : Aime, mais ne songe pas à être aimé, nain difforme!... Je suis bouffon aujourd'hui. C'est à ce titre, dans l'intérêt du cardinal Renaud, qu'on m'a attaché à la personne du feu duc. Oui, certes, cette vie-là est enviable!

FIAMMA.

Pourquoi me dis-tu tout cela?

LE PIONE.

Je vous vis à la cour... je vous reconnus... et restai!

FIAMMA, étonnée.

Tu me reconnus?

LE PIONE.

Oui, signora. Vous avez habité Rome!

FIAMMA.

En effet!

LE PIONE.

Un beau chien vous suivait dans toutes vos promenades?

FIAMMA.

Scipione!... que j'appelais le Pione.

LE PIONE.

C'est cela même!... Je n'avais pas de nom, je pris celu de votre lévrier.

FIAMMA.

Mais pour quel motif?

LE PIONE.

Un mendiant... — mon père adoptif — se faisait conduire par une laide bête, un barbet noir, quand je ne l'accompagnais pas...

FIAMMA.

Eh bien?

LE PIONE.

Le pauvre barbet, un jour, fut écrasé. Le mendiant pleurait. J'accourus. On regardait. Une aumône royale tomba tout à coup dans la main du vieillard... et une douce voix lui dit : « Prenez, et consolez-vous; voici le Pione qui » vous remplacera l'animal que vous pleurez!... » Je me retournai... vous nous tendiez la laisse de votre lévrier. Ah! signora, ce jour-là, je me suis juré, l'occasion venue, d'être votre chien à mon tour!... Voulez-vous de ma vie, maîtresse?

FIAMMA.

Non, mon Pione, ne t'attache pas à ma fortune... tout croule autour de moi!

LE PIONE.

Vous pensez encore à ce chiffon de papier?... On peut le retrouver.

FIAMMA.

Tu sais où il est?

LE PIONE.

Non... mais le Pione est adroit... On ne se défie pas de lui... il peut le savoir.

FIAMMA.

Souviens-toi de ceci, mon Pione... Si c'est un ennemi à toi qui s'en est emparé et que tu veuilles te venger de lui, dis-moi son nom... et tu seras satisfait... Si c'est un ami et que tu songes à sa fortune, demande, et tu auras pour lui de l'or à pleines mains!...

LE PIONE.

Je verrai.

FIAMMA.

Écoute, mon Pione!... approche!... Je t'aime, tu sais! Tu as ce testament?

LE PIONE, dont l'œil s'allume.

Et si cela était?

FIAMMA.

Je te prierai à genoux!

LE PIONE.

Ce ne serait pas assez!

FIAMMA.

Je te donnerai mes deux palais et ma villa de Reggio!

LE PIONE.

Ce ne serait pas assez!

FIAMMA.

Tu serais... mon frère

LE PIONE, brusquement, en se levant.

Je ne l'ai pas!

FIAMMA, menaçante.

Ah! prends garde, enfant!... Tu me tortures... prends garde!

LE PIONE, froidement.

Tu peux me châtier, les enfants savent souffrir!

FIAMMA, s'adoucissant.

Non!... Mais pourquoi ne pas me dire la vérité?

LE PIONE.

Je ne l'ai pas cachée.

FIAMMA.

Ce testament, enfin, tu crois pouvoir le retrouver?

LE PIONE.

Je le crois.

FIAMMA.

Tu connais le voleur?

LE PIONE.

Je le connaîtrai!

FIAMMA.

On ne s'en servira pas contre moi?

LE PIONE.

Je te le jure!...

FIAMMA.

Il suffit, j'ai confiance en toi!

SCÈNE XI

LES MÊMES, TURCI, FABRIZIO, DES SEIGNEURS,

FABRIZIO, aux autres, en entrant, sans voir Fiamma.

Parbleu, si le feu duc était mièvre, malingre et chétif notre nouveau maître est bâti comme Hercule et beau comme Apollon!

FIAMMA.

Vraiment ?

FABRIZIO, *se retournant et saluant.*

Ah !

TURCI.

Fabrizio s'exalte. Ce n'est pas Apollon aux traits harmonieux, c'est Hercule, le dieu de la force.

FIAMMA.

Si beau que cela ?

FABRIZIO.

Et rancunier. Son Altesse est convaincue que vous avez contraint le feu duc à maintenir son exil.

FIAMMA.

Son Altesse s'est trompée.

FABRIZIO.

En attendant, comtesse, on vous exile à votre tour. Je vous cherchais pour vous l'apprendre. Voici l'ordre.

FIAMMA.

Je vous crois. Nous partirons ce soir.

FABRIZIO.

Non, sur-le champ, l'ordre est formel !

FIAMMA.

Vous, mon ami, vous vous feriez le complice de cette brutalité, marquis, c'est impossible !

FABRIZIO.

Soyons raisonnable, comtesse... Son Altesse entend vous éviter.

FIAMMA.

Ah !... et pourquoi ?

FABRIZIO.

Vous êtes plus que jamais à craindre, comtesse... le noir vous va si bien !

FIAMMA.

Flatteur !... Je le connais, votre duc. Sa mère était une Farnèse, et il a l'ampleur de cette race opulente. Ses cheveux sont plantés rudes et drus comme une crinière de lion ; son nez est ferme comme celui de Néron, ses narines dilatées comme celles de Borgia, et, comme Don Juan, ses lèvres épaisses et lascives s'ouvrent à toutes les voluptés. Tout entier à l'heure présente. Il ne croit que ce qu'il voit, il croit à ce qu'il touche; ne croit ni à demain, ni à hier : demain n'existe pas, hier n'existe plus. Ni à Dieu, c'est trop haut; ni à l'âme, c'est invisible!... du reste, charmant : un artiste... brave : un soldat... aventureux, prodigue, fantasque, tout d'une pièce pour le vice!... Est-ce bien ça?... Vous voyez que je le connais. Nous partirons ce soir, marquis. Ma désobéissance même lui semblera piquante, il y applaudira, j'en suis sûre!

FABRIZIO, souriant.

A moins cependant...

FIAMMA.

A moins?

FABRIZIO.

Le fantasque peut prendre le dessus, comtesse... il n'aurait qu'à vous faire conduire à la frontière par ses dragons?

FIAMMA, riant.

C'est encore possible. Mais je reste. (On entend des trompettes.) Dites donc, marquis... c'est peut-être déjà mon escorte?

FABRIZIO.

Non... Son Altesse se rend à la chambre ducale pour la lecture du testament.

LE PIONE, regardant

Quelle suite!... les magistrats de la ville aussi!.. Ah! notre duc est populaire!

VOIX, au dehors.

Vive César d'Este!

FIAMMA, à part.

César d'Este je t'attendrai!... pourquoi ne lutterais-je pas?... Ne suis-je pas Fiamma?... Quitter ce palais où j'étais reine... me sauver en plein mépris public... à travers des huées peut-être... Non, jamais!

On entend du bruit au loin, des cris.

SCÈNE XII

LES MÊMES, SCOPA, VARANO.

SCOPA.

Volé!... le testament a été volé!... un trou dans le mur!... on n'a rien vu ni rien entendu!... (A Fiamma.) Vous ne soupçonnez personne, madame?

FIAMMA.

Personne.

SCOPA.

Si c'était la Capouane. (A Varano.) Elle est à l'église des Récollets... vite... près de la chapelle... vous nous l'amènerez!

VARANO.

Très-bien!...

Il sort.

SCOPA, au Pione.

Tu ne soupçonnes personne non plus, toi?

LE PIONE, raillant.

Si fait! toi!

SCOPA.

Les gens du palais doivent être complices!. (Criant.) Fermez les portes!... Je les ferai tous mettre à la question!

César entre furieux; il est suivi de ses gentilshommes et des magistrats de la ville; un page porte, sur un coussin brodé aux armes de la maison d'Este, les clés de la ville; un autre page, sur un coussin pareil, la couronne ducale.

SCÈNE XIII

LES MÊMES, CÉSAR

CÉSAR.

Oui, fermez les portes!.. oui, à la question!.. Ah! mon

palais est au pillage!.. Parbleu, le crime est flagrant!.. (*Aux magistrats.*) Constatez-le, messieurs!.. Ah! l'on entre en guerre contre moi!.. on lève le masque!... on me vole mon titre d'héritage!.. on me fait un pouvoir boiteux!.. Quel autre que ce Renaud d'Este... Un cardinal!.. Que lui faut-il de plus?.. Mon oncle, je suis de cette sauvage et violente mai on d'Este aussi, moi... Nid d'aigles... repaire de lions... tanière de bêtes fauves dont je sens les griffes et les rugissements dans ma poitrine!... Voici d'abord un palais, je le prends!... une ville, un duché, je les prends... (*S'emparant de la couronne.*) Cette couronne ducale, elle est à moi, et je la garde!

TOUS.

Vive César d'Este!.. Vive César d'Este!

CÉSAR.

Cette couronne, est celle que portait Alphonse Ier, mon grand, mon illustre aïeul, à la bataille de Ravenne, et il disait souvent : « Traître et fou qui t'envie, et mort à qui te touche! » Ce sera ma devise! Nous nous entendrons pour la défendre. Renaud le sait bien. Je vous le dénonce. Il s'est faufilé sous la pourpre comme il voudrait aujourd'hui escamoter un trône. Mais j'y ai l'œil. Si le pape le soutient, l'empereur est pour moi. J'aurai la France, j'ai une armée. L'argent ne manquera pas. En un mot, compagnons, j'ai bec et ongles, je saurai m'en servir au besoin.

Scopa revient poussant devant lui la Capouane et les gens du palais. Ceux-ci se jettent en suppliants aux pieds de César. — La Capouane reste immobile et debout, les bras croisés sur sa poitrine.

SCÈNE XIV

LES MÊMES, SCOPA, LA CAPOUANE, LES GENS DU PALAIS.

SCOPA.

Ils n'ont rien avoué, monseigneur!

CÉSAR.

A la question!

LES GENS DU PALAIS.

Nous sommes innocents!

CÉSAR.

Innocents!... (A l'un d'eux.) C'est toi qui as fait le coup!

L'HOMME.

Non, monseigneur, sur mon salut!

CÉSAR.

Tu es vendu à Renaud d'Este!

L'HOMME.

Je ne le connais pas... Je ne l'ai jamais vu!

CÉSAR, à un autre.

Ou toi, alors!... (A la Capouane.) Ou toi!... Oui, c'est toi... ton audace te trahit!

LA CAPOUANE.

Mon audace?

CÉSAR.

Je crois que tu me questionnes?... çà, truande, tu es accusée, réponds!

LA CAPOUANE.

Ce n'est pas à moi de répondre. On est venu me prendre dans une église où je priais... On m'a traînée à travers les rues comme une voleuse... Je demande justice!

CÉSAR.

Ah! tu lèves la tête quand j'ai déjà le talon levé sur toi, vipère!

LA CAPOUANE.

Qu'ai-je à perdre, je suis pauvre, laide, vieillie avant l'âge par la douleur?... (Penchant son visage vers lui.) Même les gens qui m'ont aimée.. même les bourreaux qui m'ont persécutée, ne me reconnaîtraient plus?

CÉSAR, à part.

Ce regard!

LA CAPOUANE.

Non, ils ne me reconnaîtraient plus?

CÉSAR, *à Scopa.*

Emmène-les!... (*Montrant la Capouane.*) Celle-ci surtout, je veux qu'elle parle!

LA CAPOUANE.

Merci, César d'Este!

On va pour les emmener.

FIAMMA.

Arrêtez! (*A César.*) La coupable..., c'est moi!

CÉSAR.

Vous?

FIAMMA, *s'agenouillant devant lui.*

J'attends mon châtiment!

CÉSAR, *montrant une table.*

Mettez-vous là, monsieur le podestat, et écrivez!... (*A Fiamma.*) Ah! c'est vous! et vous vous nommez?

FIAMMA.

Fiamma, comtesse de Monte-Rebio!

CÉSAR.

Très-bien, la maîtresse du feu duc!

FIAMMA.

Je n'ai été que son amie; j'ai été sa confidente, son conseil.

CÉSAR.

Oui, oui!... et vous avez osé...

FIAMMA.

J'ai osé.

CÉSAR, *aux seigneurs.*

Comprenez-vous cela?... (*A Fiamma.*) Relevez-vous! Où est ce testament?

FIAMMA.

Je l'ai détruit.

CÉSAR.

Détruit?... détruit?... Elle a l'air de s'en vanter, Dieu me damne!... et pourquoi?

FIAMMA.

Parce que Don François vous instituait son héritier.

CÉSAR.

Elle ne cherche pas à colorer son crime au moins !... Vous avez joué votre tête à ce jeu-là, le savez vous ?

FIAMMA.

Je le sais.

CÉSAR.

Vous me haïssez donc ?

FIAMMA.

C'est mon secret.

CÉSAR.

Où était caché ce testament ?

FIAMMA.

Au fond de la chambre ducale, à droite, dans une table d'ivoire.

CÉSAR.

Vous en aviez la clef ?

FIAMMA.

J'ai forcé la serrure.

CÉSAR.

A merveille !... Mais pour entrer dans cette chambre ?

FIAMMA.

J'avais une double clef de cette porte secrète.

CÉSAR.

Où est-elle ?

FIAMMA.

Je l'ai jetée par cette fenêtre.

CÉSAR.

A l'instant ?

FIAMMA.

Tout à l'heure.

Il fait un signe, Scopa sort.

CÉSAR, au podestat.

Écrivez... écrivez ! (A Fiamma.) C'est peut-être vous qui m'avez fait exiler ?

FIAMMA.

J'ai peut-être maintenu votre exil.

CÉSAR.

On voudrait me pousser à la plus cruelle vengeance, madame, qu'on ne s'y prendrait pas autrement.

FIAMMA.

Je suis peut-être lasse de la vie.

CÉSAR.

Vous ne trouvez rien de mieux pour votre défense?

FIAMMA.

Je ne cherche pas à me défendre. Je n'ai pas pu voir conduire des innocents au supplice.

SCOPA, revenant.

Voici la clef, monseigneur!

CÉSAR.

Il y a là un mystère, un secret que je veux pénétrer. Laissez-nous!

LE PIONE, à part.

Quel peut être son but?

Tout le monde sort.

SCÈNE XV

FIAMMA, CÉSAR.

CÉSAR.

Vous m'avez entendu, madame, j'ai dit que je voulais.

FIAMMA.

Vous avez l'accent d'un maître... vous êtes le mien... vous m'effrayez... Je me sens mourir!

CÉSAR, avec emportement.

Eh! non... vous ne mourrez pas!

FIAMMA, se laissant tomber dans un fauteuil.

Ah!

CÉSAR.

Elle s'évanouit!... grimaces!... Elle croit m'échapper!... (Allant à elle.) Allons, remettons-nous, hein? (La regardant.) Elle est belle... très-belle, cette femme!... (Tirant un flacon de sa poche.) Ah! mon flacon! (Il le lui fait respirer.) Le beau front!... les beaux cheveux!... la beauté, sous ses mille formes, a des prises irrésistibles sur mon cerveau. J'ai rencontré tantôt une fille brune... elle était campée comme la statue de l'Innocence, avec des bottes de roses sous les bras... (Regardant Fiamma.) Eh bien, non, celle-ci... François s'y connaissait. Ces lignes promettent des amours âcres et violents. Elle revient à elle!... Non!... si!... (Il se penche vers elle pour s'en assurer et se relève un peu troublé.) Son haleine est chaude et pénétrante!

Fiamma entr'ouvre ses yeux, le regarde avec un demi-sourire, puis les referme.

FIAMMA, comme sous le cauchemar.

Ah!... de l'air!... ouvrez la fenêtre!

CÉSAR.

Moi!

FIAMMA.

J'étouffe!

CÉSAR.

Autre chose à présent, elle étouffe!

Il ouvre vivement la fenêtre.

FIAMMA.

Où suis-je?... (Apercevant César et se levant.) Ah! Votre Altesse, pardon!...

CÉSAR, à part.

Une voix harmonieuse!... le diable m'emporte, vous verrez, je finirai par tomber à ses pieds!

FIAMMA.

Monseigneur m'en veut toujours?

CÉSAR.

Comment, si je vous en veux. Mais énormément!... Vous n'avez donc pas conscience de votre crime?

FIAMMA.

Vous y avez cru?

CÉSAR.

Hein!

FIAMMA.

Je ne vous hais pas, monseigneur.

CÉSAR.

Vous êtes une femme étrange.

FIAMMA.

On me l'a dit.

CÉSAR.

Vous mentiez donc ?

FIAMMA.

Pour tout autre que Votre Altesse je soutiendrai le contraire; même dans l'exil, si on me chasse de Modène... même en prison, si on m'y jette... même dans la torture, si on me livre au tourmenteur.

CÉSAR.

Vous avez un but ?

FIAMMA.

Que j'ai atteint : affermir sur votre front la couronne ducale que le testament de François II vous enlevait.

CÉSAR.

Ah ! François II...

FIAMMA.

Son Altesse n'avait pas de secret pour la comtesse Fiamma.

CÉSAR.

Il m'avait déshérité ?

FIAMMA.

Au profit de Renaud d'Este. C'est ce testament qui a disparu. Une arme terrible si on avait pu s'en servir contre vous. Mais vous me faites juger aujourd'hui même, je maintiens mes aveux, vous obtenez ma condamnation... et vous en appelez aussitôt à la noblesse et au peuple contre mon crime... Tout naturellement l'indignation les transporte... les exalte... Et tout naturellement vous êtes élu par acclamation.

CÉSAR.

Pardieu ! vous êtes une femme d'esprit, comtesse !... E une fois élu ?

FIAMMA.

Votre peuple devient votre complice.

CÉSAR.

De mieux en mieux !... et vous ?

FIAMMA.

Je n'aurai plus rien à souhaiter. A qui dois-je remettre les clefs de mes appartements ?

CÉSAR, à part.

Par Satan ! cette créature m'attire, me fascine !

FIAMMA.

Altesse .. à qui ?

CÉSAR, s'excitant à la colère.

Eh ! mordieu, emportez ces clefs... laissez-les, peu importe !... Vous partie, nul ne mettra les pieds dans ces appartements maudits !

FIAMMA.

Oh ! monseigneur !

CÉSAR.

Je les ferai murer, je les ferai détruire !

FIAMMA.

Ou purifier.

CÉSAR.

C'est cela !... Je m'explique... Je ne le voulais pas... vous m'y forcez !... Je n'oublierai pas le service que vous m'avez rendu... mais...

FIAMMA.

Mais ?

CÉSAR.

Je ne désirais pas vous rencontrer, je vous l'avais fait dire.

FIAMMA.

Par qui?

CÉSAR.

Croyez-vous que je veuille légitimer les faiblesses ridicules de ce vieillard précoce qu'on nommait François II. Vous êtes impopulaire, madame. Par votre faute, tout allait de mal en pis dans les États du feu duc. Par votre faute, notre vieille noblesse s'est écartée de son lit d'agonie. François est mort seul, abandonnné, sans même m'appeler à son chevet. Vous lui avez fermé les yeux, vous !... Vous dites ?

Rien... Pardieu, écoutez !... Le peuple avec rage rongeait le frein que votre galanterie lui mettait aux dents. Ah ! vous croyez, vous autres sirènes, qui tenez le haut du pavé dans notre belle Italie, vous croyez qu'il suffit d'ensorceler un souverain, de dilapider ses finances, d'écraser son peuple, de remplir vos coffres d'or volé aux labeurs du paysan ou du soldat, de passer vos jours en fêtes et vos nuits en orgies... qu'il suffit de jouer à la reine pour que tous, petits et grands, s'inclinent devant votre fortune de rencontre ! Par l'aigle d'Este, non, mes toutes belles ! non ! même les moins sévères se mettront contre vous, l'heure de l'expiation arrive ! C'est justice !... Partez, fermez les oreilles, madame, pour échapper au concert de malédictions qui s'élèvera sur votre route !... Adieu !... et que le fardeau de vos hontes vous soit léger ! (*Fiamma n'a pas bougé. Elle est semblable à la statue de la Honte et du Repentir. Elle pleure. César haussant les épaules.*) Des sanglots ! Ah !.. ah !.. comédie, comédie, madame !

FIAMMA.

Vous êtes sans pitié !...

CÉSAR.

N'est-ce pas vrai ?.. si je ne vous calomnie pas, je ne suis que juste !

FIAMMA.

Je ne m'attendais pas à ce dernier supplice !.. Venant de vous, je l'accepte... je le garde... je le bénis... je n'étais pas assez châtiée !

CÉSAR, *hésitant*.

Mais... je...

FIAMMA.

Vous n'êtes pas méchant !.. Ah ! si vous saviez... Ah ! si vous pouviez savoir la cause première de ma chute... vous regretteriez la rudesse de vos paroles !...

CÉSAR.

Votre chute ?

FIAMMA.

J'avais quinze ans... J'aimais ?.. j'aimais pour la première... a seule fois de ma vie !...

CÉSAR.

Ah !

FIAMMA.

Celui que j'adorais ne devina pas mon cœur. Il avait femme et enfant ; il était heureux !

CÉSAR.

Une femme... un enfant !

FIAMMA.

Cette nouvelle me rendit presque folle. Je crus mourir. Mon orgueil me soutint. Étouffant cette voix de mon âme qui me criait : « Aime !... » je prêtai l'oreille aux voix de l'abîme qui me crièrent : « Sois aimée ! » La vertu ne voulait pas de moi, le vice me prit !

CÉSAR.

Et il y a de cela ?

FIAMMA, *ne répondant pas et se levant.*

Ce fut un vertige !.. le mal et le bien se confondaient !... Cet amour ignoré...dédaigné peut-être... remontait sans cesse de mon cœur en baisers douteux... en caresses flétries !... et j'aurais pu être pure !... Ah ! si on savait ce qu'il y a de misères au fond de nos âmes, ce serait pitié qu'il faudrait dire au lieu de honte !

CÉSAR.

Et depuis, vous ne l'avez jamais rencontré ?

FIAMMA.

Si !

CÉSAR.

Eh bien ?

FIAMMA.

Je me suis tue.

CÉSAR.

Vous ne l'aimiez plus ?

FIAMMA.

J'essayais de détourner mon cœur de lui.

CÉSAR.

Son nom ?

FIAMMA.

Ne me le demandez pas... vous, surtout!...

CÉSAR.

Je le connais ?

FIAMMA

Oui !

CÉSAR.

Son nom ?... je le veux !... quel est cet homme ?

FIAMMA, baissant la tête.

Je n'ose le regarder !

CÉSAR, tressaillant.

Ainsi...

FIAMMA.

Laissez-moi partir !

CÉSAR.

C'était moi !

FIAMMA, tombant à ses genoux et se voilant le visage.

Ah ! misérable créature que je suis !

CÉSAR.

Moi !

FIAMMA.

Dans ce palais !... ô honte ! dans ce palais !

CÉSAR.

Fiamma !

FIAMMA.

J'avais au moins la pudeur du silence !... c'était ma chasteté, et je ne l'ai plus !... écrasez-moi sous vos mépris!.. châtiez-moi de votre dédain !... ah ! je me fais horreur !...

CÉSAR, la relevant.

Je t'aime!

FIAMMA, à part.

Je serai duchesse de Modène !

ACTE DEUXIÈME

PREMIER TABLEAU

Un jardin au hameau des Roses, sur la pente d'une colline. Des rosiers de toute sorte. — A droite, au deuxième plan, une maisonnette, couverte de roses et de plantes grimpantes, s'avance un peu sur le théâtre et laisse voir, par une fenêtre, une partie de son intérieur. Devant cette fenêtre, un banc. — Au fond, à gauche, un chemin conduisant dans le jardin; à droite, autre chemin descendant au hameau. — Tables et chaises rustiques. — On peut circuler autour de la maison.

SCÈNE PREMIÈRE

ANTONIO, GIOVANNA, CARLOTTA, BOUQUETIÈRES.

Au lever du rideau, assises autour d'une table, les bouquetières travaillent avec une grande activité, causant et fredonnant.

GIOVANNA, *à voix basse.*

Ah! maître Antonio Salviati!

ANTONIO, *sortant de la maison.*

Nous ne sommes pas encore habillées... aujourd'hui, la fête de Notre-Dame de l'Arc?

CARLOTTA.

Nous attendons les ordres de Lydia.

ANTONIA.

Ma fille!... Elle commande même à moi. (A lui-même.) Chère enfant!... Je peux bien vivre pour elle... car, sans elle, mes souvenirs m'auraient déjà tué!.. (Aux jeunes filles en s'en allant.) Je vais dans l'ancien clos. Vous le direz à la Capouane, que nous attendons.

CARLOTTA.

Oui!... oui!...

Antonio disparaît.

GIOVANNA.

Il a un petit air qui n'annonce rien de mauvais, savez-vous?

CARLOTTA.

Le mariage de sa fille avec Andréa, le beau vigneron, lui trotte sans doute dans la tête.

GIOVANNA.

Tu crois?

CARLOTTA.

J'en suis sûre. J'ai écouté aux portes. La Capouane doit lui en toucher un mot aujourd'hui. Ah! du monde!...

SCÈNE II

LES MÊMES, CÉSAR, SCOPA.

GIOVANNA.

Que désirez-vous!

CÉSAR.

Toi, ou ta maitresse!

GIOVANNA.

La Madone, rien que ça... la forte tête de la maison et la plus belle fille du village!

CÉSAR.

Tu as au moins seize ans?

GIOVANNA.

Dix-huit!

CÉSAR.

Combien d'amants?

GIOVANNA, s'en allant à son travail.

Sont-ils bêtes, ces hommes!

CÉSAR.

Je te remercie. (S'asseyant, à Scopa.) Elle est encourageante, hein!

SCOPA.

Comme une porte de prison!

CÉSAR.

Mais l'autre?

SCOPA.

La Madone?... les Alpes en perspective!

Les jeunes filles vont à de nouveaux acheteurs et disparaissent peu à peu avec eux.

SCÈNE III

CÉSAR, SCOPA.

SCOPA.

Je suis inquiet, monseigneur, retournons à Modène, je crains un guet-apens?

CÉSAR.

Tu es armé?

SCOPA.

Oui.

CÉSAR.

Et moi aussi!... que te faut-il de plus?

SCOPA.

Vous n'allez pas vous entêter à cette amourette au risque de nous faire égorger?

CÉSAR.

Ah!-bah! François Ier de France en a bien fait d'autres... et il est mort... chrétiennement dans son lit!

SCOPA.

François Ier, dans son jeu, n'avait pas de cardinal Renaud contre lui, monseigneur!

CÉSAR.

Le sol tremble sous mes pieds, je le sais bien. L'avenir est gros d'orage et rouge d'incendie. Mais ces lueurs vont à mes passions fauves... ces tempêtes à mon âme insatiable qui s'épuise par la possession et se rallume par le désir. Lydia m'attire comme la lutte, elle me séduit comme l'inconnu.

SCOPA.

Ce n'est donc pas un caprice?

CÉSAR.

Caprice, fantaisie, amour, tout ce que tu voudras. J'ai été pris d'un seul regard.

SCOPA.

Amour frais éclos!

CÉSAR.

De ce matin!... elle descendait le sentier, ne montrant que le bout de ses pieds.

SCOPA.

Et vous voilà parti!

CÉSAR.

Et j'arriverai!... Parbleu! sa jambe est à l'avenant, je parie, nerveuse, fine, et ronde!

SCOPA.

Mais, madame Fiamma?

CÉSAR.

Elle est blonde!.. comprends-tu?... toujours des yeux bleus et des cheveux blonds... cheveux abondants, oui, mais blonds... des yeux superbes, oui, mais bleus... c'est le flot éternel et monotone de la Méditerranée qui finit par vous exaspérer!... Lydia est brune, elle... brune comme de l'acier! Ne réponds pas, tu vas dire une bêtise! L'enfer, au besoin, si le paradis est à sec, voilà mon refrain! Vivre, c'est sentir. Le mourir lui-même a sa volupté, on souffre. C'est l'anéantissement qui révolte. (*Lui tournant le dos.*) Tu es une bête brute, tu ne me comprends pas!...

SCOPA.

Je comprends que Renaud d'Este...

CÉSAR.

Tu sembles croire que mon peuple ne me défendrait pas?

SCOPA.

Son Altesse me calomnie; j'en suis sûr.

CÉSAR.

Et que mes amis?...

SCOPA.

Oh! vos amis!... Ils s'assiéront sur leurs mains ce jour-là.

CÉSAR, s'appuyant sur son épaule.

Et toi?

SCOPA.

Moi, monseigneur?... j'irai à confesse.

CÉSAR, lui tirant l'oreille.

Tu vois bien, drôle que je n'ai rien à ménager! Modène est un volcan, dis-tu... Tu me proposes d'éteindre, étincelle par étincelle, l'incendie qui couve sous mes pieds... Insensé!... Mais mon cœur ne battrait plus pendant ce temps... mon sang se figerait... et la vieillesse... et la vieillesse, triple idiot!... la vieillesse viendrait, et j'aurais vécu obscurément, misérablement, comme une taupe dans son trou! Non pas... non pas!...

SCÈNE IV

LES MÊMES, CARLOTTA.

CARLOTTA.

Vous êtes encore là?

CÉSAR.

Je t'attendais.

CARLOTTA.

Moi aussi!

CÉSAR.

Du velours et de l'hermine iraient bien à ces épaules.

CARLOTTA.

Flatteur ! vous devez être de la cour ?

CÉSAR.

Le comte Manfredi, ma mignonne... l'ami de l'homme auquel Modène obéit depuis un mois.

CARLOTTA, se signant.

César d'Este !...

CÉSAR, riant.

Un saint ?

CARLOTTA.

Un diable !

CÉSAR, lui prenant la taille.

Tu es charmante !

CARLOTTA.

Voulez-vous bien me lâcher !

CÉSAR, voulant l'embrasser.

Je prends mes arrhes !

CARLOTTA, voulant lui donner un soufflet.

Ah ! je tape !

CÉSAR, lui retenant la main.

Tu vas trop loin !

Fiamma est arrivée sur les dernières répliques. Elle est en jeune cavalier. Costume sombre.

SCÈNE V

LES MÊMES, FIAMMA.

FIAMMA.

Pourquoi donc cela ?

CÉSAR, à part.

Fiamma !

SCOPA, à part.

Ah ! ah !

CARLOTTA, à part.

Il est gentil, celui-là... des mains de femme !...

CÉSAR, *bas à Fiamma.*

Tu m'as donc suivi ?...

FIAMMA.

Apparemment !

CÉSAR.

Tu m'aimes trop, mon Fiammino.

FIAMMA.

C'est ma faiblesse. En m'épousant vous vous débarrasseriez de mes persécutions.

CÉSAR.

Tu ne m'aimerais donc plus ?

FIAMMA.

Vous seriez à moi, mon duc... la certitude de mon bonheur me retiendrait.

CÉSAR, *riant.*

Je me suis marié deux fois : Ma première femme, Juana Santis, est morte à Venise avec mon fils... et la seconde n'a pas longtemps vécu... tu comprends ?... dans ton intérêt...

FIAMMA.

Vous raillez, je crois ?

CÉSAR.

Ta jalousie est absurde, voyons... je faisais provision de fleurs... c'est demain ta fête ?

FIAMMA.

Vous y avez pensé ?... Ah ! c'est bien !...

CÉSAR.

Cela t'étonne ?

FIAMMA.

Non, certes. Mais écoutez, monseigneur... mes rivales, désormais, seront chassées : les sottes, j'en rirai... les inoffensives n'atteindront qu'à mon dédain... et les redoutables...

CÉSAR.

Les redoutables ?...

FIAMMA.

Disparaîtront. J'aurai ma police, je vous en préviens. Continuez vos achats.

On entend au loin la voix de Lydia.

GIOVANNA, *à César.*

Voici la Madone des Roses !

CÉSAR.

Ah !...

FIAMMA, *à part.*

C'est pour elle qu'il est venu !

SCÈNE VI

LES MÊMES, LYDIA.

LYDIA, *chantant au loin.*

J'ai perdu ma tourterelle...
De quel côté s'en alla ?
Ah !
Je vais courir après elle...
Qui peut voir du mal à ça ?
Ah !

Elle arrive par le chemin de gauche, et cueille, tout en marchant, des roses qu'elle place dans sa double jupe. De temps en temps elle coupe des fleurs mortes ou fanées. Sa jupe retroussée est pleine de roses.

GIOVANNA.

La Madone a mis sa plus belle robe des dimanches !

LYDIA.

Dieu ! la mignonne femelle !
C'est tout clair qu'on me la vola,
Ah !
Crois qu'elle me sera fidèle
Le temps qu'ça lui conviendra
Ah !
Las ! en vain je la rappelle,
La r'prendrai quand reviendra.
Ah !

Carlotta va à Lydia et la prévient qu'elle est attendue.

LYDIA.

Un moment!

Elle va vivement aux ouvrières, et leur distribue des fleurs.

FIAMMA, bas à César.

Si c'est une tournée d'artiste que Votre Altesse a voulu faire dans ses États, elle a devant elle les plus jolis types qu'on puisse imaginer, celui de Lydia surtout... (La montrant.) Oui, Lydia... (Raillant.) Elle s'appelle Lydia... C'est une Lucrèce égarée parmi nous. Souvenez-vous de Tarquin, monseigneur!

LYDIA.

Me voici à vos ordres!

CÉSAR.

Oh! rien ne presse... nous aurons bien le loisir...

LYDIA, souriant.

Oui... oui... mais moi!... mes instants sont comptés.

CÉSAR.

Oh! alors!... dès que votre temps est plus précieux que le nôtre!...

FIAMMA, à Lydia.

Montrez-nous vos fleurs... les plus belles?

LYDIA, présentant à Fiamma une botte de roses.

Les plus belles et les plus rares!

FIAMMA, à part.

La fiancée d'Andréa!... elle est vraiment jolie.

CÉSAR.

Me permettez-vous une seule question?

LYDIA.

Une question?

FIAMMA.

C'est un indiscret, prenez garde!

CÉSAR.

On vous a surnommée la Madone des Roses?

LYDIA, légèrement embarrassée.

Mon Dieu, oui!... je n'ai pu empêcher les paysans de ce village de me...

CÉSAR.

Ce titre vous sied. Vous êtes l'aînée de vos fleurs, voilà tout.

LYDIA, *à Fiamma en montrant les fleurs.*

Vous ne trouverez cette espèce qu'ici !

CÉSAR, *à Lydia.*

Pourquoi ce nom plutôt qu'un autre ?

FIAMMA, *un peu ironique.*

Pourquoi ?... pourquoi ?... (*A Lydia.*) On ne peut toujours le dire, n'est-ce pas, mignonne ?

LYDIA.

Ces roses gagnent beaucoup à être montées. (*Prenant les fleurs.*) Vous allez voir !

Elle se met à faire un bouquet.

FIAMMA, *bas à César.*

Elle est charmante.

CÉSAR, *avec indifférence.*

Tu trouves ?... euh !

FIAMMA, *à part.*

C'est bien pour elle !

CÉSAR, *à Lydia.*

Enfin, pourquoi ?

LYDIA.

Ce surnom m'a été donné par hasard, il y a quelques années. Je revenais de Modène, à la tombée de la nuit; un orage me surprit. J'étais encore loin de notre demeure des Roses. Pas le moindre refuge sur la route. Les arbres ruisselaient. Je pressais le pas pour arriver à une vieille chapelle en ruine, où il y a plus de couleuvres que de chrétiens. J'espérai y trouver un abri. Il ne restait plus, au pan du mur, que la niche dans laquelle on avait placé autrefois une Sainte-Vierge depuis longtemps tombée en poussière. J'hésitai; mais la tempête redoublait... et j'ai peur des couleuvres ! Je fis le signe de la croix et montai dans la niche. La pluie tombait à torrent. L'inquiétude, le froid me gagnaient. La nuit était devenue épaisse. Je me mis à prier. Une prière répondit bientôt à la mienne. C'était une voix d'enfant. Et cette voix, pleine d'angoisses, murmurait d'en bas, sous mes pieds : « Vierge Marie, sainte Madone, on va chasser de sa » chaumine ma pauvre vieille mère qui meurt de faim... Se- » cours et pitié, Madone!... » Et les sanglots du pauvre petit montaient, montaient, sans souci de l'averse ni du tonnerre. Je revenais de la ville, comme je vous l'ai dit. Je rapportais le fruit d'une semaine de travail. L'argent que j'avais sur moi tomba dans les mains de l'enfant, qui crut à un miracle, et se sauva dans une joie folle. L'orage cessa. Je revins aux Roses. Le lendemain, l'enfant me reconnaissait et m'appelait la Madone des Roses. Mes amies, en badinant, ont répété : Madone des Roses!... Les voisins, sans malice, ont dit bientôt comme elles; et moi-même, aujourd'hui, si on me demande mon nom, je réponds parfois naïvement : la Madone des Roses! Voilà ma petite légende, messeigneurs...

FIAMMA, *à part.*

Cette femme est dangereuse!

CÉSAR.

Vous enverrez demain à la villa Manfredi tout ce que vous aurez de roses sur pied... ou de roses coupées.

LYDIA.

Bien, monseigneur!

CÉSAR.

Pour aujourd'hui!...

FIAMMA.

Pour aujourd'hui...

CÉSAR.

Oh! une fantaisie! (*A Lydia.*) Un bouquet fait par vous?

FIAMMA, *à part.*

L'impertinent!... (*A Lydia.*) Vous nous l'apporterez à l'osteria del Sole, où je donne à goûter à ce gentilhomme.

CÉSAR, *à part.*

Je reviendrai.

FIAMMA, *à part.*

Ce n'est pas un caprice, nous y aviserons, monseigneur!

César et Fiamma s'éloignent. Scopa les suit.

SCÈNE VII

LYDIA, LES JEUNES FILLES.

LYDIA, *bas à Carlotta.*

Tu t'es laissé prendre la taille tout à l'heure par ce gentilhomme. Je vous ai vus du jardin. C'est mal, Carlotta!

CARLOTTA.

Mais...

LYDIA, *lui montrant une fleur.*

Cette rose est bien délicate, n'est-ce pas?... Eh bien! notre ame l'est encore plus. C'est une fleur sans pareille. Celle-ci a besoin de soleil, elle d'innocence... celle-ci de soins, elle de respect... elle s'effeuille, s'enlaidit au badinage des idées malsaines, comme celle-ci se fane au contact des mains grossières... c'est l'épargne de Dieu... c'est notre dot!..

CARLOTTA.

Je ne le ferai plus. (*A part.*) On est au couvent ici!

LYDIA, *à Giovanna.*

Andréa et sa mère ne sont pas venus?

GIOVANNA.

Pas encore.

LYDIA.

Allez vous préparer pour la fête.

Elles se sauvent toutes joyeuses, en poussant des cris de joie et en se bousculant.

LYDIA, *chantonnant.*

J'ai perdu ma tourterelle...
De quel côté s'en alla?
Ah!

SCÈNE VIII

LYDIA, LA CAPOUANE, ANDRÉA.

LYDIA.

Ah! c'est vous, enfin!

LA CAPOUANE, l'embrassant.

Bonjour, mon enfant!

LYDIA, tendant la main à Andréa.

Bonjour, Andréa! (A Capouane.) Comme vous venez tard!

LA CAPOUANE.

Ce n'est pas moi qu'il faut gronder... c'est ce gas-là.

ANDRÉA.

J'avais affaire.

LA CAPOUANE.

Où est donc ton père?

LYDIA.

Dans l'ancien clos.

LA CAPOUANE.

Je vais lui rappeler que sa journée nous appartient. (Se retournant en souriant.) Et puis... autre chose aussi...

LYDIA, baissant les yeux.

Ah!

LA CAPOUANE.

Oui! ma fille!

SCÈNE IX

LYDIA, ANDRÉA.

ANDRÉA.

Chère mère!

LYDIA.

Elle vous aime bien, Andréa!

ANDRÉA.

Oui! oh! oui!...

Arrive un paysan. Andréa va vivement lui prendre des mains un panier recouvert de feuilles de vigne qu'il lui apporte. Le paysan s'éloigne aussitôt.

LYDIA, se retournant.

Qu'est-ce que c'est?

ANDRÉA, cachant le panier derrière son dos.

Devinez!...

LYDIA.

Des raisins!

ANDRÉA.

Les premiers!... je les ai détachés moi même de nos plus belles treilles. C'est ce qui m'a retardé.

LYDIA.

Et la Capouane...

ANDRÉA.

Elle a fait semblant de ne rien voir... pour me laisser le plaisir de vous les offrir tout seul!...

LYDIA, soulevant les feuilles.

Ils sont superbes!...

Elle met le panier sur la table.

ANDRÉA.

Elle est plus fine qu'on ne croit. Elle s'occupe de nous en ce moment, je parie! Ah! pourvu qu'Antonio Salviati ne me ferme pas pour toujours la porte de cette chère maison!

LYDIA.

Vous ne le croyez pas!... mon père vous tient en haute estime, Andréa.

ANDRÉA.

Vos paroles me donnent un peu de courage. J'en ai grand besoin.

LYDIA.

Du courage?

ANDRÉA.

Comment vous dirai-je cela?... ce n'est pas facile, allez!.. vos yeux me troublent, Lydia!

LYDIA.

Les voilà fermés, parlez !

ANDRÉA.

Non, j'aime encore mieux les voir... c'est pour les montrer que le bon Dieu vous les a donnés... Ils sont si beaux!...

Lydia n'a pas rougi, ne s'est pas troublée ; ils restent tous deux plongés dans leur émotion et se regardent tout attendris.

LYDIA.

Eh bien!... vous êtes donc devenu muet?

ANDRÉA.

Ne vous ai-je pas tout dit ?

LYDIA.

Quoi?...

ANDRÉA.

Mes souvenirs me fascinaient, je m'écoutais vivre!...

LYDIA.

Les souvenirs!... Ah! oui! cette bague, par exemple, vous en souvenez-vous ?

ANDRÉA.

C'est la bague que j'ai reprise à ce méchant pâtre qui vous l'avait volée.

D'une chaînette qu'elle porte à son cou, où est encore la médaille, Lydia détache la bague et la remet à Andréa.

LYDIA.

Je me suis promis de ne la laisser qu'entre les mains de l'homme de mon choix... celui dont je porterai le nom.

ANDRÉA.

Vous rappelez-vous cette vieille en haillons?... Nous étions assis dans l'herbe... au bord du chemin... j'avais encore l'anneau... elle s'arrêta devant nous...

LYDIA, tressaillant.

Je la vois toujours!

ANDRÉA.

Et vous dit : « Défie-toi de ta beauté, elle te sera fatale. »

LYDIA.

C'était une bohémienne! Si j'étais laide, Andréa, m'aimeriez-vous toujours?

ANDRÉA.

Moi !... vous savez donc que je vous aime ?

LYDIA, *confuse.*

Non !... je ne sais à quoi je pense... pardon !

ANDRÉA.

Oui, je vous aime !... je tremble rien qu'à l'idée de vous déplaire... rien qu'à vous entendre marcher je frissonne... c'est une joie et un supplice à la fois !... mon cœur en est plein !... ah ! ne vous éloignez pas !... laide !... vous !... vous ne le seriez jamais... votre âme rachèterait votre corps... elle rayonnerait dans votre personne... c'est elle que j'aime en vous !...

LYDIA, *froidement.*

J'ai eu tort, taisez-vous !

ANDRÉA.

Je vous fatigue ! Je m'y attendais. Voici votre anneau.

LYDIA, *sans avoir l'air d'entendre.*

Les belles grappes !... le soleil semble circuler à travers leurs veines dorées. Andréa, venez donc voir !

ANDRÉA.

Voici votre...

LYDIA.

Et vous dites que ce sont les premières de cette année ?

ANDRÉA.

Ce sont les premières de nos vignes.

LYDIA.

Eh bien ?

ANDRÉA.

Quoi ?

LYDIA.

Offrez-m'en !...

ANDRÉA.

Des raisins ?

LYDIA.

Eh oui, des raisins !

Andréa étale des feuilles de vigne dans sa main, puis y dépose délicatement une des plus belles grappes.

ANDRÉA.

Voici !...

LYDIA, détachant les raisins, grain à grain et les mangeant.

Vous n'en mangez pas?

ANDRÉA.

Je ne pourrai !

LYDIA.

Essayez !

ANDRÉA.

Lydia !... dites-moi que je ne vous ai pas offensée... que vous ne m'en voulez pas de mon audace ?...

LYDIA, croquant des raisins.

Ai-je l'air bien en colère ?

ANDRÉA.

Si vous saviez !... Tenez, la nuit, les yeux fermés, je vous vois... je vous vois mieux qu'en ce moment... il me semble que le monde n'a été créé que pour nous !... C'est un paradis !... Tout parfums et harmonies !... Oh ! ne vous fâchez pas... Je ne demande rien, vous n'avez rien à me refuser.

LYDIA, s'assied à gauche.

La grappe est finie !... Dieu ! les bons fruits !...

ANDRÉA, prenant une grappe.

En voici d'autres !

LYDIA, grappillant.

Continuez !... je continue !...

ANDRÉA.

Voyez-vous, Lydia, vous ne vous doutez pas comme vous êtes belle !

LYDIA.

Si !

ANDRÉA.

Mais non !

LYDIA.

Mais si ! (Elle lui arrache la grappe des mains.) A votre tour d'en manger !

ANDRÉA.

Vous parlerez alors !

LYDIA.

Oh ! moi, je ferai les deux choses en même temps !... Attendez !...

Andréa s'étend à ses pieds, moitié riant, moitié rêvant, Antonio et la Capouane reviennent, tout heureux, ils contemplent du fond les deux amoureux.

SCÈNE X

LYDIA, ANDRÉA, ANTONIO SALVIATI, LA CAPOUANE.

LA CAPOUANE, *bas à Antonio.*

Regardez !...

LYDIA.

Je vous ai souvent vu la nuit aussi, moi... sous mes fenêtres... errant... écoutant... espionnant !...

ANDRÉA.

Ah ! Lydia !

LYDIA.

Mangez, ils sont excellents!... (*Reprenant.*) Oui, espionnant!... mais je me suis vengée souvent... Mangez donc ! Je mettais de la lumière dans cette chambre... tenez, là... Et puis je me glissais dans l'autre... et je vous regardais à mon tour !

ANDRÉA.

Ah !

LYDIA.

Mangez !... mangez donc !

ANDRÉA.

Eh bien ! je l'avais deviné !... c'étaient des heures bénies!...

LYDIA.

Mes roses vous semblaient-elles plus embaumées... et les feuilles des arbres murmuraient-elles à vos oreilles, comme elles chantaient aux miennes, leurs plus suaves chansons et leurs plus douces caresses ?

ANDRÉA.

Une nuit, vous vous mîtes à chanter... Je ne quittai la place qu'à l'aube rayonnante !...

LYDIA, lui tendant la grappe.

Ceux-ci sont meilleurs que les autres !

ANDRÉA.

Eh bien ! gardez-les !

LYDIA, se levant et passant.

Vous le voulez ?... j'obéis, tyran !

ANDRÉA, hésitant.

Et maintenant...

LYDIA.

Maintenant ?

ANDRÉA.

Reprenez votre anneau !...

LYDIA.

J'en ai bien envie, pour vous punir !...

ANDRÉA, tombant à ses pieds.

Comment !... Lydia !... Ah ! Dieu !

LYDIA.

Gardez-le !

ANDRÉA.

Vous m'aimez !

LYDIA.

Ingrat !... voilà une heure que ces raisins te le disent pour moi !

ANDRÉA, couvrant sa main de baisers.

Lydia !... Lydia !...

LA CAPOUANE, souriant.

Nous sommes là, vous savez ?

LYDIA.

La Capouane !

ANDRÉA.

Antonio Salviati !

LA CAPOUANE.

Antonio Salviati te prend pour fils, Andréa... comme Lydia devient ma fille !...

ANTONIO.

Lydia, tu auras pour mère la Capouane... Te sens-tu capable de justifier cet honneur par tes vertus et ton dévouement?

LYDIA.

Oui, mon père!

ANTONIO.

Et toi, Andréa... auras-tu le courage d'épouser nos haines, comme j'épouserai les vôtres .. et de ne faire de nos deux cœurs et de nos deux bras qu'un seul cœur et un seul bras pour frapper?...

ANDRÉA.

Si ta cause est juste, oui!...

Entre Fiamma.

ANTONIO.

Si terribles que seront les représailles?

ANDRÉA.

Oui!

ANTONIO, *unissant leurs mains.*

Soyez bénis!

FIAMMA, *à part.*

Touchant tableau?...

LA CAPOUANE, *l'apercevant.*

Nous ne sommes pas seuls! (*A Lydia.*) J'emmène ton père. (*A Andréa.*) Tu nous accompagneras un instant. (*A Lydia.*) Il reviendra te chercher.

SCÈNE XI

LYDIA, FIAMMA.

LYDIA, *à Fiamma.*

Votre bouquet?... ce ne sera pas long.

FIAMMA.

J'ai à vous parler. Le hasard nous sert; il convient que

nous soyons seuls. Oh ! rassurez-vous... ce n'est en pas amant que je m'occupe de vous. Vous m'intéressez, je veux vous sauver.

LYDIA.

Un danger me menace ?

FIAMMA.

Le plus grand que puisse courir une honnête femme. Le comte Manfredi vous aime. Il m'aurait suivie sans les précautions que j'ai dû prendre. (D'une voix âpre.) Ta beauté n'est pas à vendre, n'est-ce pas ?... (Mouvement de Lydia.) On devine ton âme dans l'éclair de tes yeux ! Eh bien ! s'il te retrouve chez toi, tu seras à lui !

LYDIA.

Je suis seule !

FIAMMA.

Oh ! n'appelle pas ! Ton père a déjà été torturé... martyrisé dans une circonstance moins grave que celle-ci... ne l'expose pas une seconde fois à la vengeance de...

LYDIA, avec épouvante.

De César d'Este ?

FIAMMA, se reprenant.

César d'Este? Qui donc en a parlé ?... Son souvenir, je vois, est encore vivant chez vous. L'homme qui te menace est aussi puissant, il peut tout, comme César.

LYDIA, la tête bouleversée.

Je suis perdue ! Ah ! mon Dieu ! je vais chercher Andréa !

FIAMMA.

Tu le feras assassiner !...

LYDIA.

Vous avez un intérêt à m'éloigner !

FIAMMA.

Peut-être !

LYDIA, frappée subitement d'une idée.

Vous êtes une femme !

FIAMMA.

Parbleu! je suis sa maîtresse, moi.

LYDIA.

Je ne vous le disputerai pas.

FIAMMA.

Je te crains!

LYDIA.

J'aime Andréa!

FIAMMA.

Je te crains! Ta vertu est une séduction de plus... un obstacle.. cet obstacle peut lui refaire une âme... son cœur peut se ranimer, et je ne veux pas!

LYDIA.

Je m'adresserai au duc régnant!

FIAMMA.

A César d'Este, le bourreau de ton père? Et s'il allait t'aimer à son tour? Tu es belle, trop belle!...

LYDIA.

O fatale beauté!...

FIAMMA.

Oui, fatale!... Elle nous désigne au libertinage... elle nous désigne au vice. Résiste, Lucrèce, tu seras cadavre; succombe, Aspasie, tu seras courtisane!... Que veux-tu être?

LYDIA.

Je serai moi!

FIAMMA.

Et qui es-tu, toi?

LYDIA.

Une honnête fille!

FIAMMA.

Allons! viens, tu es folle!

LYDIA.

Ah! ne me touchez pas.

FIAMMA, profondément froissée.

Du dégoût?...

LYDIA.

Je ne dis pas cela.

FIAMMA.

Vous le pensez peut-être ?

LYDIA.

Vos sentiments vous appartiennent, madame, je ne vous les demande pas, respectez les miens.

FIAMMA.

Savez-vous qui je suis ?

LYDIA.

La maîtresse du comte Manfredi...

FIAMMA.

Et après ?

LYDIA.

La maîtresse d'un homme que ne vous n'aimez pas.

FIAMMA.

Et après ?...

LYDIA.

La maîtresse d'un homme que vous méprisez... Vous voyez bien que nous ne pouvons pas nous entendre !

Elle se dirige vers sa maison.

FIAMMA.

L'une par l'autre, nous pouvons nous perdre !

LYDIA.

Je ne partirai pas !

FIAMMA.

C'est la lutte !...

LYDIA.

Je me défendrai !

FIAMMA.

Réfléchissez !

LYDIA.

C'est fait !

FIAMMA.

Au revoir !

Elle sort.

SCÈNE XII

LYDIA, puis CÉSAR.

LYDIA.

Quel regard !... Le danger viendra de cette femme !... J'ai peur maintenant !... je ne resterai pas ici !... mon père viendra me retrouver !.. Partir !... quitter la maison où je suis née !... mes roses périront loin de moi !.. Je ne pourrai jamais !...

Elle se laisse tomber sur une des marches de la maison et pleure. Arrive César.

CÉSAR, *au fond.*

Ce vin de Syracuse est d'une force !... tout tourne comme là-bas ! suis-je bien chez elle ? *(Apercevant Lydia.)* Parbleu ! oui ! la voilà !... Elle m'attend ! grâce à ce masque, je l'emmènerai moi-même. Quel vin m'ont-ils fait boire ?

LYDIA.

C'est résolu, je partirai !

Elle entre chez elle.

CÉSAR, *tapant du pied.*

Une ivresse de portefaix, Dieu me damne ! Haut le front, César !... domine-toi... Tu es le maître ! Je le veux ! *(Avec satisfaction.)* Ah ! *(S'avançant.)* Maintenant, ma mignonne... Hein ! où est-elle ?... Ai-je rêvé ?... *(Regardant dans la maison.)* Non !... elle est là !... elle revient !. .

Il met son masque et se range contre le mur pour laisser passer Lydia.

LYDIA.

Oui... partons... partons !...

CÉSAR, *lui passant le bras autour du cou.*

M'emmènes-tu ?

LYDIA.

Ah !

Elle se dégage ; sa chaînette et la médaille restent entre les mains de César.

CÉSAR.

Une médaille !... Soit ! un souvenir, c'est toujours ça !

LYDIA.

Mon Dieu !... que faire ?

CÉSAR.

Bel oiseau, je suis oiseleur !... (Au moment où Lydia va passer, il la saisit.) Ah ! ne t'en va pas... ou je crie... je casse... j'ameute.. et je tue tout !

LYDIA, criant.

Andréa... Andréa...

CÉSAR.

Ton amant !... parbleu ! nous serons deux... ça sera drôle !

LYDIA.

Le misérable !... (Criant.) Andréa !... Andréa !...

SCÈNE XIII

LES MÊMES, ANDRÉA.

ANDRÉA.

Me voici !... (Il s'élance sur César, le repousse et lui arrache Lydia des mains.) Bandit!

CÉSAR, portant la main à son épée.

Toi, rustre !.. (La repoussant au fourreau.) Mais non... mon épée ne s'encanaillera pas ! (Le souffletant de son gant.) Je te remets à ta place, manant !

ANDRÉA.

Ah ! une arme !,.. une arme !...

Il saisit une chaise pour assommer César.

LYDIA, l'arrêtant.

Andréa !

ANDRÉA, jetant la chaise, à César.

Vous me rendrez raison !

CÉSAR.

Ah !

ANDRÉA.

Sur-le-champ !

CÉSAR.

Votre nom ?... Je suis le comte Manfredi.

ANDRÉA.

Je me nomme Andréa !

CÉSAR.

Duc ou marquis ?

ANDRÉA.

Andréa.

CÉSAR.

Gentilhomme ?

ANDRÉA.

Un homme, voilà tout !

CÉSAR.

Nous avons un père, au moins ?

ANDRÉA.

J'ai été soldat !

CÉSAR.

Nous sommes bâtard ?

ANDRÉA.

Ne regardez pas à la source !...

CÉSAR.

Nous avons partagé nos préjugés, monsieur ; j'appartiens à ma caste.

ANDRÉA.

Vous me refusez le combat ?

CÉSAR.

J'habite la villa Manfredi. C'est là qu'on me trouve pour mes équipées. Jetez à mes gens un nom quelconque... les portes s'ouvriront... et, foi de gentilhomme, foi de comte et de duc, je vous ferai raison !

ANDRÉA, *anéanti.*

Un nom !

CÉSAR.

Au revoir ! (*Bas, à Lydie.*) A bientôt !

Il sort.

SCÈNE XIV

ANDRÉA, LYDIA

ANDRÉA, avec une rage sourde.

Je te laisse partir!... (A lui-même.) Bâtard, courbe le front, baisse les yeux et regarde la terre... cette terre qui se laisse impunément fouler aux pieds comme toi!... Ah!

Il se laisse tomber sur une chaise, morne, désespéré, l'œil fixe, les poings crispés. Silence.

LYDIA.

Mon pauvre Andréa! (Se penchant vers lui, de sa voix la plus douce.) Ta mère nous attend, mon Andréa, partons-nous? (Andréa ne l'entend pas.) Me voilà à tes pieds comme tu étais aux miens tout à l'heure. C'est bon d'être seuls... n'est-ce pas?.. de s'aimer... de se comprendre?... (Baisant ses mains.) Ah! mon André! (A part.) Sa main est brûlante, il a la fièvre! (Se levant.) Ah! cet homme!... tu penses encore à ce misérable?... C'est un lâche!.. il avait peur!.. oh! je l'ai bien vu!... Tu es brave, toi!... Tes yeux flamboyaient!... Tu étais beau!.. je suis fière de toi!... je t'aime!

ANDRÉA.

Les bâtards doivent vivre entre eux comme des loups!..

LYDIA, le retenant.

Tu veux m'abandonner!...

ANDRÉA.

Le fils de la Capouane n'est pas digne de la fille d'Antonio Salviati.

LYDIA.

Le fils de la Capouane! ne le savais-tu pas hier?

ANDRÉA.

Je n'y ai pensé qu'aujourd'hui!

LYDIA.

Andréa! Andréa!...

ANDRÉA.

Tu ne comprends donc pas que je suis un homme déshonoré?... Regarde donc ma joue, elle est encore rouge et gonflée de ma honte!...

LYDIA.

De ta honte?

ANDRÉA.

Regarde! regarde!...

LYDIA, l'embrassant.

Je lui donne mon premier baiser!

ANDRÉA.

Qu'aimais-je en toi?... Ce misérable ne voyait que ta beauté... moi, c'était ton âme, ton innocence, ta candeur, ta pureté, tout ce qui fait de toi un ange du bon Dieu, et tu me le rendais en m'aimant dans ma fierté et dans mon honneur... Eh bien!.. fierté, honneur, le souffle de ce duc a tout flétri... il m'a fait une laideur que le monstre le plus difforme n'égale pas : la laideur de l'outrage accepté, la difformité de l'injure subie!... Il ne me reste plus qu'à l'assassiner en pleine rue!.. Voudrais-tu d'un assassin pour époux?... Il ne veut pas se battre!.. Il ne me rendra raison, pardieu! que si je m'appelle duc ou marquis, ou baron, ou comte!... quoi encore?... C'est bouffon, mais c'est mortel!

LYDIA, tressaillant.

Que veux-tu dire?

ANDRÉA.

Rien!..

LYDIA, s'attachant à lui.

Andréa... tu veux mourir!

ANDRÉA.

Adieu!

LYDIA, même jeu.

Andréa, tu me condamnes!

ANDRÉA.

Comme moi!

LYDIA, même jeu.

Mon Andréa!

ANDRÉA, la repoussant.

Adieu! adieu!...

LYDIA.

Ah!

Elle s'évanouit.

ANDRÉA, après un moment de silence, retire la bague de son doigt et la passe à celui de Lydia, puis l'embrasse sur le front.

Au revoir!.. au revoir!.. là haut, ma fiancée!

Il sort.

DEUXIÈME TABLEAU

Les vignes de la Capouane. La route au fond. — Au deuxième plan, à droite, une table sous un hangar.

SCÈNE PREMIÈRE

LA CAPOUANE, GIOVANNA, FIAMMA, CARLOTTA.

La Capouane, au lever du rideau, époussette la table, puis s'en va deci delà, coupant les branches mortes et arrachant les mauvaises feuilles. Fiamma paraît sur la route suivie d'un bouvier. Elle est encore en cavalier.

FIAMMA, à part.

Le chemin passe devant la vigne... J'ai été bien informée. (Au bouvier qui lui parle bas, en montrant la Capouane.) C'est la Capouane, très-bien. (A part.) Lydia, tu as voulu la guerre, me voilà! (Au bouvier.) Je prendrai place dans la charrette!

Elle veut s'éloigner.

LA CAPOUANE.

Vous pouvez rester, mon cavalier.... Ma maison, aujourd'hui, est ouverte à tous mes amis et aux curieux... C'est dans ma vigne qu'on fête Notre-Dame de l'Arc.

FIAMMA.

On n'est pas plus hospitalière. J'en profiterai.

Elle s'éloigne avec le bouvier. Arrivent Carlotta et Giovanna, les mains chargées de rubans et de petits paniers.

CARLOTTA.

Voici du ruban pour les ceps!

GIOVANNA.

Et les paniers pour attacher aux fourches!

LA CAPOUANE.

Je vais vite les porter à nos vignerons.

CARLOTTA.

Ah! voici Lydia!

LYDIA, *agitée, à part.*

Il n'est pas ici!

LA CAPOUANE.

Comment, tout seule?

LYDIA.

Andréa vient de me quitter. Vous ne l'avez pas vu?

LA CAPOUANE.

Non.

Elle sort.

GIOVANNA.

Je l'ai rencontré, moi!

LYDIA.

Où ça?

GIOVANNA.

Près de la rivière, il regardait couler l'eau. Il avait même un drôle d'air. On l'aurait cru attiré par cette eau qui s'en sauvait tristement. « Cette eau vous tente, lui ai-je dit; savez-vous nager? » Il ne me répondit pas.

LYDIA.

Et après?

GIOVANNA.

Comme pour se débarrasser de moi, il m'a donné une petite

tape sur la joue en disant : « Prends les devants, fillette, je te rattraperai. »

LYDIA, *effrayée.*

Tu es partie?

GIOVANNA.

Pourquoi pas?.. De temps en temps, cependant, je me retournais : cette vilaine eau l'occupait toujours!

LYDIA.

Je vais le chercher!

CARLOTTA.

C'est alors aux Ruines que vous le trouverez... il y était tout à l'heure... tout en haut des Pierres Noires... vous savez, la plus grande, celle d'où s'est jeté ce pauvre diable, il y a six mois?... Ah! ça n'a pas été long... il s'est tué raide du coup!

LYDIA.

Ah! tais-toi!... tais-toi!...

LA CAPOUANE, *revenant.*

Vous parlez du pâtre?... Un beau jeune homme de vingt-trois ans!... l'âge d'Andréa!... (*Tristement à elle-même.*) Ah! c'est ainsi!... Les uns rassemblent sur leur tête tous les malheurs et d'autres recueillent toutes les joies!.. Enfin!.. mon Andréa est aimé, lui... il est heureux!

LYDIA.

Heureux!

LA CAPOUANE.

Qu'as-tu donc?

LYDIA, *se dominant.*

Rien!... (*A Carlotta.*) Aux Roches-Noires?

CARLOTTA.

Oui!...

LYDIA.

J'y vais!

Elle se sauve.

LA CAPOUANE, *criant.*

Dis donc, ma fille... Il y a deux chemins.. prends celui de droite... c'est le plus court!... attends, je vais te l'indiquer.

Elle la suit.

SCÈNE II

LES MÊMES, puis ANDRÉA.

CARLOTTA.

Lydia n'avait pas son air ordinaire; elle m'a semblé toute pâle ?

GIOVANNA.

La marche lui fait cet effet. Moi, c'est le contraire, je tourne au coquelicot en courant.

CARLOTTA, montrant le couteau qui a servi à la Capouane et que celle-ci a planté dans un arbre.

Hein, quelle arme !

GIOVANNA.

C'est le couteau à tailler les ceps.

Arrive Andréa; il cherche à se donner une contenance en apercevant les jeunes filles.

ANDRÉA.

Bonjour, mes amis !

CARLOTTA.

Vous avez sans doute pris le chemin creux... sans quo vous vous seriez rencontré avec la Madone.

ANDRÉA.

Ma mère n'est pas là ?

CARLOTTE.

Elle a accompagné Lydia. Pas bien loin pourtant, car la voici !

ANDRÉA

Laissez-nous !

SCÈNE III

ANDRÉA, LA CAPOUANE

ANDRÉA, à part

Je suis venu pour l'embrasser... et je n'ose pas !

LA CAPOUANE.

Tu as l'air préoccupé ?

ANDRÉA.

Oh ! j'ai l'air et pas la chanson ! (Montrant un paysan qui arrive.) Voici le gardien des vignes qui vient, j'en suis sûr, nous annoncer la prochaine venue des vignerons. Il convient de leur faire bonne mine et grande fête.

LA CAPOUANE.

Une pleine tonne de vin les attend ; elle n'a qu'à être ajustée sur ses affûts.

ANDRÉA.

Le gardien va s'en charger.

LA CAPOUANE, au gardien.

Alors, venez ! (A Andréa.) Et toi ?

ANDRÉA.

Je vous suis !

LA CAPOUANE.

Souffres-tu, Andréa ?

ANDRÉA.

Du tout !... En votre absence, je ferai tout préparer ici.

LA CAPOUANE.

Comme il te plaira, mon enfant. (A part.) Il veut m'éloigner ! (Haut, au gardien des vignes.) Allons !...

ANDRÉA, s'élançant vers elle.

Ma mère, vous oubliez de m'embrasser !

Il l'embrasse avec force. La Capouane le regarde avec étonnement et sort.

SCÈNE IV

ANDRÉA, en s'essuyant les yeux.

C'est une larme !... la dernière !... et mon dernier baiser aussi !... Je suis plus calme !.. (Prenant le couteau aux ceps.) Mon honneur sera satisfait à son tour !... (Un silence.) Bâtard !... je n'y pensais plus!... je me faisais à ma honte!... Un coup de tonnerre m'en a tiré!... Un dernier adieu à Lydia! (Il entre dans la cabane à outils, s'approche d'une petite table dont il ouvre le tiroir à demi.) Bâtard!... Ma mère!... Horrible!... horrible!... Je ne puis honorer... Ah! mais je t'aime, mère, je t'aime!...

Il prend dans le tiroir du papier, un crayon, et se met à écrire. La Capouane revient.

SCÈNE V

ANDRÉA, LA CAPOUANE.

LA CAPOUANE, à part, apercevant Andréa.

Il est là!.., il écrit!... à qui?... Comme il est pâle!...

ANDRÉA

Oui, adieu tout ce que j'aime... Adieu!

LA CAPOUANE.

Pourquoi ces larmes? je ne l'ai pas vu pleurer depuis son enfance. Mon Dieu!... j'ai peur!... je n'ose plus avancer... mes jambes ne me soutiennent plus! il pleure toujours!... (Elle fait un effort sur elle-même, s'approche doucement d'Andréa et s'empare de la lettre.) Qu'est-ce que tu écris donc là?. .

ANDRÉA.

Ma mère!... rendez-moi cette lettre.

LA CAPOUANE.

Ah! c'est une lettre! Pour qui?...

ANDRÉA.

Pour personne!... ce sont des notes que je...

LA CAPOUANE.

Voyons!... (Elle essaye de lire.) Ah! vieillesse!... ah! vue maudite!... je ne peux pas!...

ANDRÉA, à part, avec joie.

Elle ne saura rien! (Haut.) Mère... je vous assure... cet écrit est sans importance.

LA CAPOUANE.

Tu vas me le lire!

ANDRÉA.

Moi ?... non !... (*Se ravisant.*) Soit, donnez !...

LA CAPOUANE, *lui mettant le papier sous les yeux*

Lis !

ANDRÉA, *lisant.*

« Mon ami... »

LA CAPOUANE.

C'est à un homme que tu écrivais ?...

ANDRÉA.

Oui.

LA CAPOUANE.

En pleurant !...

ANDRÉA.

Je ne pleurais pas.

LA CAPOUANE.

Tes yeux sont encore humides de tes larmes !... Andréa... mon fils... il faut me lire ceci... quoi qu'il y ait là-dedans ?... je te le pardonnerai.

ANDRÉA.

Ma mère... je vous en prie...

LA CAPOUANE.

Bien, je vais appeler le premier passant venu !

ANDRÉA.

Non, je lirai !

LA CAPOUANE

J'écoute !

ANDRÉA.

Vous le voulez ?...

LA CAPOUANE.

Je le désire... je le veux... je te l'ordonne au besoin !

ANDRÉA, *lisant.*

« Adieu, ma mère ! le baiser que je viens de vous donner » est le dernier que vous recevrez de moi sur cette terre... »

LA CAPOUANE, *se dominant.*

Continue !

ANDRÉA.

« Je dois mourir Je m'en irai de la vie sans un reproche

» contre vous... vous aimant comme je vous aimais enfant!
» Dites à Lydia... Lydia, ma fiancée... Lydia, que j'aime
» aussi... dites-lui que je meurs parce que je me suis trouvé
» dans l'impossibilité de la défendre. Elle comprendra. Un
» homme dont l'honneur est souillé doit disparaître pour ne
» pas perpétuer son ignominie en ce monde. C'est ce que je
» vais faire. Pardonnez-moi toutes les deux!... »

LA CAPOUANE.

Tu as écrit ça!...

Elle pleure.

ANDRÉA.

Ma mère!... Oh! embrassez-moi!...

LA CAPOUANE, le repoussant.

T'embrasser?... et demain m'embrasseras-tu encore?... Ah! cruel enfant! va-t'en!... Mais non... viens... viens... ce baiser, fût-il le dernier, je l'accepte!... Toi... mort, que deviendrai-je?

ANDRÉA.

Ne m'ôtez pas mon courage!

LA CAPOUANE.

Mourir!... pour quel motif?...

ANDRÉA, à part.

Elle ne doit pas rougir devant son fils!...

LA CAPOUANE.

Tu ne réponds pas?... tu détournes les yeux de ta mère?...

ANDRÉA.

Du tout!... du tout!...

LA CAPOUANE, à part.

Ah! s'il allait, à son tour, me demander mon secret!.. mais n'importe! (Haut.) Andréa... voyons, je veux tout savoir. On a insulté Lydia... insultée devant toi... et tu ne l'as pas vengée?...

ANDRÉA.

Non!

LA CAPOUANE.

Et tu as été outragé sous les yeux de ta fiancée?

ANDRÉA.

Frappé au visage!

LA CAPOUANE.

Un soufflet!... et celui qui t'a frappé existe encore?...

ANDRÉA.

Il vit!

LA CAPOUANE.

Et, lui vivant, tu parles de mourir?

ANDRÉA.

Je ne suis pas un assassin!

LA CAPOUANE.

Un assassin? j'entends mal!... Un soldat... un brave soldat... épée contre épée?

ANDRÉA.

J'ai eu peur!

LA CAPOUANE.

Allons donc!... tu n'as jamais eu peur que de moi... comme dans ce moment-ci... tu vois que tu mens!

ANDRÉA.

Je vous jure...

LA CAPOUANE.

Je te dis que tu mens! Je veux savoir toute la vérité.

ANDRÉA.

Vous la voulez?

LA CAPOUANE

Quelle qu'elle soit!...

ANDRÉA.

Vous me pardonnerez le chagrin que je vais vous causer?

LA CAPOUANE.

Un chagrin?... Je ressens celui que tu éprouves bien plus que tous les miens!... c'est dans la poitrine que je souffre... parle!...

ANDRÉA.

Eh bien! soit!... peut-être est-ce justice aussi bien!... on ne se bat pas avec...

LA CAPOUANE

Achève donc!... avec les bâtards, n'est-ce pas?

ANDRÉA, baissant la tête.

Oui, ma mère!

LA CAPOUANE, à part.

Il en devait être ainsi tôt ou tard!

ANDRÉA.

Vous ne m'interrogez plus, ma mère?

LA CAPOUANE, à part, très-agitée.

Cela devait arriver.

ANDRÉA.

Vous êtes bien pâle, ma mère!... Ah! Dieu m'entend, je voulais vous épargner!... je suis donc cela?... cet homme le sait, sans doute?... sa voix hautaine me siffle encore à l'oreille : « Jette un nom à mes laquais, bâtard, ou végète » dans ta honte, mon soufflet à ta joue »!... Voilà ce qu'il m'a dit. Qu'avais-je à répondre, madame?...

LA CAPOUANE, à part.

Si je parle, il est perdu... Il se tuera, si je me tais!...

ANDRÉA.

Qu'avais-je à répondre, madame?

LA CAPOUANE, à part.

La fatalité me tient!... le passé me ressaisit!

ANDRÉA.

Qu'avais-je à répondre, madame... qu'avais-je à répondre?...

LA CAPOUANE.

Rien.

ANDRÉA.

N'est-ce pas?... c'est ce que j'ai fait!... Ah! rien!... (Lui prenant les deux mains et la regardant dans les yeux.) On ne répond rien à cela, alors?

LA CAPOUANE.

Ah! ne me regarde pas ainsi!...

ANDRÉA, de même.

Ne pouviez-vous me tuer en naissant?...

LA CAPOUANE.

Épargne-moi!

ANDRÉA.

Vous aviez là une pierre... un mur, et vous ne m'avez pas écrasé sous l'une... brisé le crâne contre l'autre?

LA CAPOUANE.

Tu me tues !

ANDRÉA.

Mieux eût valu, madame, que de rougir effarée sous les regards de votre fils !

LA CAPOUANE, se redressant.

Tais-toi, je suis la femme de César d'Este!...

ANDRÉA.

Vous?... toi?... (Se jetant dans ses bras.) Ma mère!

LA CAPOUANE.

Ces émotions m'ont brisée!

Elle s'assied.

ANDRÉA, tombant à ses pieds.

Ah! pardonne-moi!

LA CAPOUANE, l'embrassant.

Mon pauvre enfant!... Je t'ai torturé par mon silence!.. J'avais juré de me taire!... on m'a répudiée... on m'a chassée... ne maudis jamais ton père... On l'a contraint à ce divorce... tu sais, un prince!... J'étais une pauvre fille du peuple, moi!... ah! j'ai bien souffert!... On m'a menacée de t'arracher de mes bras si je me plaignais jamais. On l'aurait fait, mon pauvre enfant. Je me suis sauvée. Je t'ai allaité sur les grands chemins, en courant. J'ai vécu vingt ans dans l'exil, jusqu'au jour où la soif de la patrie m'a saisie. Je voulais mourir là où ma mère m'avait conçue. Je suis revenue, tous les miens étaient morts seul. Tu me restais, je n'ai donc eu à aimer que toi! (L'embrassant.) Mon fils!

ANDRÉA, se relevant.

Ah! je suis quelqu'un!... vous me reverrez, comte Manfredi!... Laquais, annonce le seigneur Andréa d'Este!... Oui, Andréa d'Este!... Comte Manfredi, tu es un lâche!... je vais te tuer!... (A sa mère.) Embrasse-moi donc encore!..

SCÈNE VI

LES MÊMES, LYDIA, ANTONIO SALVIATI.

LYDIA, *courant à Andréa.*

Andréa !

ANDRÉA, *la prenant dans ses bras.*

Ah !...

LYDIA.

Vivant !

ANTONIO, *arrivant.*

Comment !... vivant... il songeait donc à mourir, notre gas ?

LYDIA.

Il voulait se tuer, mon père !

ANDRÉA.

Pour ne pas survivre à mon honneur ! Mais, Dieu merci, il se relèvera !... J'ai un nom... je peux me battre... vous serez mon témoin !

ANTONIO.

Ton témoin ?

LYDIA

Hélas !

ANDRÉA, *à Lydia.*

Oh ! ne tremble pas !... l'homme qui t'a outragée... l'homme qui m'a touché le visage... cet audacieux sera puni !... Oh ! tu peux te le dire !... les causes justes font les victorieux !... Tu m'as vu le rouge de la honte au visage... tu verras à ce même front la rouge fierté de l'honneur satisfait et du triomphe... je te rendrai ton baiser, alors ! (*A Antonio.*) Venez !

LYDIA, *le retenant.*

Non, pas encore ! sois prudent !

ANDRÉA.

Rassure-toi !

LYDIA.

Pense à ta mère, qui n'a plus que toi...et à moi aussi, mon Andréa... tu as notre vie à défendre avec la tienne?

ANDRÉA.

Je suis d'une race vaillante... leur meilleur sang coule dans mes veines... je ne le ferai pas mentir !...

LYDIA.

Mais c'est un Manfredi !

ANDRÉA.

Oui, un comte, il est encore de trop mince maison pour moi !... Il serait prince romain, baron du Saint-Empire, duc et pair de France, fils de roi ou d'empereur, que moi Andréa, soldat de fortune, vigneron, mais fils de duc souverain, je pourrais encore lui dire : « Blason contre blason, épée contre épée, et voyons si ton sang vaut le mien !... »

LYDIA.

Tu es de race royale ?...

ANDRÉA.

Oh ! sois tranquille...mon nom ne m'est cher que parce qu'il me sert à monter jusqu'à ce lâche qui s'est réfugié dans sa noblesse... mais je reviendrai à mes vignes... à nos champs... Oh ! oui... et je ne serai jamais qu'Andréa pour toi, car c'est sous ce nom que tu m'as connu, accueilli, aimé !

ANTONIO.

Lydia, en effet, n'a été fiancée qu'au fils de la Caponane... au vigneron Andréa.

ANDRÉA.

Et il s'en souvient... et il en est fier !

ANTONIO.

Et nous de même, Andréa, parce que vous êtes un honnête homme !... Dieu veuille que votre nouvelle famille vous fasse à son foyer la place que vous méritez. Comment vous nommez-vous ?

ANDRÉA.

Je ne vous l'ai pas dit ?... Je me nomme Andréa... (*Il s'arrête au moment de prononcer son nom de famille.*) Ah Dieu !

LYDIA.

Eh bien ?...

ANDRÉA, *à part.*

Le fils de César d'Este... Et celle qui me parle, c'est Lydia, la petite-fille d'Antonio Salviati !

Il s'éloigne, effaré, de Lydia et va se réfugier, pour ainsi dire, dans les bras de sa mère.

LA CAPOUANE.

Pourquoi hésites-tu ?

ANDRÉA, *bas.*

Il fallait me laisser mourir... Lydia Salviati est à jamais perdue pour moi !

LA CAPOUANE, *se rappelant.*

Lydia Salviati ! Je l'avais oublié !

ANDRÉA.

Moi aussi, mère, moi aussi !

LYDIA.

Nous attendons, Andréa ! Quel est donc ce nom que tu n'oses prononcer devant nous ?... Tu peux parler ?... si nous sommes de trop petites gens pour y prétendre nous nous résignerons. Vous vous taisez ?...

Antonio n'a pas quitté des yeux la Capouane et Andréa.

ANTONIO.

Et ils doivent se taire !... (*A André.*) Veux-tu que je te dise ton nom, moi ?

ANDRÉA.

Non, pas devant elle !

LYDIA.

Vous le savez ?

ANTONIO, *montrant la Capouane et Andréa serrés l'un contre l'autre et baissant la tête.*

Regarde Andréa.. regarde la Capouane... tu ne seras pas longue à le deviner !

LYDIA.

Je ne vous comprends pas... expliquez-vous ?...

ANTONIO.

Regarde-les : c'est la mère, une honnête femme, et c'est le fils, un honnête homme, qui tremblent et pâlissent... l'une, du souvenir de l'homme qu'elle a aimé... l'autre, du nom de son père !...

LYDIA.

Mais...

ANTONIO.

Regarde, regarde : c'est la mère, une paysanne, et le fils, un vigneron, qui courbent leur front, comme devant une insulte, sous l'héritage d'une race royale !... comprends-tu ?... C'est le fils de César d'Este !

LYDIA.

César d'Este !

ANTONIO.

Oui, ce monstre... oui, ce misé...

ANDRÉA.

Ah ! c'est mon père, ne l'insultez pas !

ANTONIO.

Et pourquoi courbais-tu la tête tout à l'heure ?

ANDRÉA.

Je la relève puisque vous le voulez... et je vous dis : Assez, c'est mon père !

ANTONIO.

Tu en avais horreur toi-même hier encore... Hier encore tu as brisé ton épée pour ne pas être des siens?

ANDRÉA.

C'est mon père !

ANTONIO, *menaçant.*

Je suis Antonio Salviati, son ennemi !

ANDRÉA.

Je suis Andréa d'Este, son fils !

LYDIA, *se jetant entre eux.*

Ah ! je ne suis donc rien pour vous?

ANTONIO.

Viens, partons!

LYDIA.

Nous nous en irons ainsi, mon père?

ANOTNIO.

Partons ! partons !

LA CAPOUANE.

Antonio! nos enfants s'aiment.

ANTONIO.

J'ai pu encourager leurs vœux et bénir l'union de leurs âmes !

LA CAPOUANE.

Irez-vous chercher votre vengeance jusque dans leur bonheur ?... Oh ! écoutez ! Il y a un instant vous nous désigniez à Lydia en disant : « Tu devineras à leur pâleur ! » Je vous dis à mon tour : Regardez Lydia... sa pâleur ne vous fait-elle pas trembler ?

ANTONIO, *tressaillant.*

Ma fille !

LA CAPOUANE.

Elle a été frappée au cœur comme nous... son chagrin n'est pas moins mortel que celui d'Andréa.

ANTONIO.

Ah Dieu !

LA CAPOUANE.

Nous resterions donc tous deux, vous déjà vieux et infirme, moi souffreteuse et brisée... tous deux seuls devant la mort sans avoir une main pour nous fermer les yeux... Croyez-vous cela possible ?

ANTONIO.

Oui, c'est possible quand le démon de la vengeance s'est logé au fond d'une âme !... (*Montrant Andréa.*) Oui, c'est possible, quand on retrouve là, sous ses yeux, au visage de celui qu'on a appelé son fils, les traits odieux de son persécuteur... du monstrueux bourreau qu'on a maudit ! (*Mouvement de Lydia.*) Ah ! ne va pas me dire que tu l'aimes... ne viens pas implorer mon oubli !... C'est pour une statue que tu prierais... la statue de l'orgueil. Tout l'orgueil de sa race est déjà en lui. Il sait déjà comment il faut comprimer son cœur, pour le réduire au silence. Ce nom d'Este lui convient, va. Il en est fier. Il le gardera. Il foulera ton amour aux pieds, malheureuse enfant, si cet amour devait gêner sa destinée. Le fils de César d'Este c'est tout dire... de César d'Este... de César d'Este !

LYDIA.

Vous ne dites rien, Andréa ?... Mais c'est mon père !...

vous ne trouvez pas une parole pour désarmer sa colère ?.. Vous ne m'aimez plus !

ANDRÉA.

Ne blasphémez pas!

LYDIA.

Prouvez-moi que je me trompe.

ANDRÉA.

Que faut-il faire ?

LYDIA.

Sacrifice pour sacrifice, Andréa !

ANDRÉA.

Ma vie vous appartient !

LYDIA.

Mon père vous l'a dit, je ne suis fiancée qu'au fils de la Capouane... à son fils seulement ! c'est Andréa le vigneron que j'aime... Renonce à ta nouvelle famille... Nous nous marierons en France... tu auras renié un nom funeste... répudié une trace terrible... mais nous serons heureux... Le veux-tu ?... (Andréa ne répond pas. Lydia avec anxiété.) Le veux-tu?

ANDRÉA.

Je le ferai !

LYDIA.

Ah!

ANDRÉA.

Tu ne me laisseras ce nom qu'une heure... le temps de laver mon honneur... et nous partirons !...

LYDIA.

Non, pas une heure... pas une seconde... ce nom fatal doit être à l'instant même enseveli entre nous !

ANDRÉA.

Mon honneur est en souffrance, Lydia !

LYDIA.

Pas une minute !... personne ne doit pouvoir dire en te voyant passer : « C'est le fils de César d'Este !... » et en me montrant du doigt : « C'est la fille d'Antonio Salviati ! » Partons aujourd'hui même, sur-le-champ !

ANDRÉA.

C'est impossible !

LYDIA, suppliante.

Andréa !

ANDRÉA.

Tu rougirais de moi plus tard !

LYDIA.

Je t'en prie !

ANDRÉA.

Vous êtes d'honnêtes gens, il faut que je sois votre égal en honneur, je ne vous apporterai pas de la honte !

LYDIA.

Me voici à tes pieds !

ANDRÉA.

Ah ! relève-toi !

LYDIA.

Non, j'y veux mourir !

ANDRÉA, à Antonio.

Elle pleure, monsieur !... mais dites-lui donc qu'un homme déshonoré ne peut jamais être votre gendre !..

ANTONIO, sombre.

C'est vrai !

ANDRÉA, relevant Lydia.

Tu l'entends !

LYDIA.

Oui, je me sens condamnée par vous deux !... Quel est cet arrêt, enfin ?... Ah ! n'hésitez pas !... voici mon cœur... je le sens tout prêt de se bri er... Un mot, et ce sera fait !... qui de vous deux le prononcera ?... Je suis résignée !... Venu de vous, je ne m'en plaindrai pas, mon père. Je ne vous en voudrai pas non plus, Andréa !... je vous aime tant ! (A Antonio.) Mon dernier baiser sera pour vous... (A Andréa.) Mon dernier soupir, pour toi ! Mon âme s'en ira entre vos deux souvenirs, comme portée par deux anges gardiens !... J'étais mieux à genoux !... m'y voici !... j'attends ! tuez-moi !

LA CAPOUANE, montrant Lydia à Antonio.

Antonio !

ANTONIO, à Andréa, en lui tendant la main.

Va te battre, mon fils !

LYDIA.

Votre fils!... ah! mon père!...

ANTONIO.

Va te battre!

ANDRÉA.

Je vais chercher des armes!

Il entre dans la maisonnette.

LYDIA.

Vous serez là, n'est-ce pas?

ANTONIO.

Oui.

LYDIA, *à la Capouane en se jetant dans ses bras.*

Nous prierons!

LA CAPOUANE.

Voici nos amis!

Arrivent des vignerons; les uns à pied, couronnés de pampres et de raisins, tiennent dans leurs mains des ceps de vigne ou de grandes perches garnies de petits seaux remplis de raisins; d'autres conduisent une charrette traînée par des bœufs et dansent autour en chantant sur des tonnes couvertes de feuillages et empilées dans la charrette, Fiamma est étendue, vêtue en paysanne, dos au public de façon à ne pas être reconnue.

Danses et chants.

SCÈNE VII

LES MÊMES, LES VIGNERONS, puis ANDRÉA.

LA CAPOUANE.

Merci... merci... mes enfants, de l'honneur que vous me faites!... J'ai une noce prochaine à vous annoncer.

TOUS.

Une noce?

LA CAPOUANE.

Celle d'Andréa et de Lydia... de mon fils et de la Madone des Roses!

Un vigneron et une vigneronne dansent une tarentelle jouée par un tambour de basque et une guitare fermée. La tarentelle dansée, Andréa revient; il a changé d'habits, il est en capitaine, comme au premier acte. Il tient à la main une épée.

ANDRÉA, arrivant.

Soyez les bienvenus, mes amis!

TOUS.

Une épée!

ANDRÉA, gaiement.

Oui, c'est une idée à moi de montrer que parmi nous il y a encore des hommes qui portent l'épée et qui pourraient s'en servir au besoin.

LA CAPOUANE, bas à Lydia.

N'ayons pas l'air de trembler... notre tristesse l'inquiéterait... Il se défendrait mal!

ANDRÉA.

Mère, attache-moi mon épée... (Bas.) Ça me portera bonheur!

LA CAPOUANE.

Et pourquoi pas?... (A Lydia.) A moins que tu ne réclames ce droit, ma fille ?

LYDIA, prenant l'épée.

Donnez! (Bas à Andréa, après avoir bouclé l'épée à son ceinturon.) Le véritable honneur doit être sans tache, va te battre!

ANDRÉA.

Comme je t'embrasserais si tout ce monde n'était pas là!

LYDIA.

Va, va!

ANDRÉA, bas à Antonio.

Une fois à boire, ils ne s'occuperont pas d'autre chose! (Haut.) La tonne est défoncée, mes amis, elle nous attend, en route! Monte dans la charrette, Lydia! (Présentant son bras à la Capouane.) Viens, mère! (Aux autres.) En route! (Bas, à Antonio.) Nous prendrons le chemin creux!

Il s'éloigne avec sa mère et Antonio aux bras. Les vignerons les suivent en dansant et en chantant. Lydia, pendant ce temps, monte dans la charrette, qu'une douzaine d'hommes entourent aussitôt.

LYDIA, aux hommes.

A la vigne de la Capouane!

FIAMMA, se retournant.

A ma vida de Correggio!

LYDIA.

Quelle est cette femme?...

FIAMMA.

A Correggio!

Lydia veut crier, les hommes étouffent ses cris sous leurs chants et le bruit des instruments. La charrette se met en marche.

ACTE TROISIÈME

PREMIER TABLEAU.

Chez Fiamma, à la villa Manfredi. — Une salle richement décorée.

SCÈNE PREMIÈRE

FIAMMA, LE PIONE.

FIAMMA, étendu sur un canapé.

Tant de bruit pour une femme... disparue?

LE PIONE.

Monseigneur le duc est furieux.

FIAMMA, à part.

Je l'espère bien. (Haut.) Que penses-tu de ce rapt?

LE PIONE.

Conséquence bien simple : si c'est un homme qui l'a commis, il tresse le chanvre avec lequel on le pendra...

FIAMMA.

Certainement!

LE PIONE.

Une femme, au contraire, facilite le triomphe de sa rivale en tisonnant un cœur éteint.

FIAMMA.

Elle joue peut-être le tout pour le tout.

LE PIONE.

Elle veut être duchesse, c'est beaucoup !

FIAMMA.

Je ne lui rendrai Lydia qu'à ce prix cependant!... Le testament?

LE PIONE.

Je l'ai, en effet.

FIAMMA.

Il me sera bientôt nécessaire, mon Pione?

LE PIONE.

Vous pourrez en disposer, à de certaines conditions.

SCENE II

Les Mêmes, CÉSAR, SCOPA.

SCOPA, *bas au duc en désignant Fiamma.*

Observez-la pendant que je parlerai. (*Elevant la voix.*) C'est ainsi, monseigneur, c'est ainsi. L'agitation se propage. Ces gens-là tiennent à leurs saints.

FIAMMA, *se soulevant un peu.*

Quelles gens? quels saints? (*A César.*) Bonjour, monseigneur! On parle de la Madone des Roses? Elle fait donc partie du calendrier ?

SCOPA.

Oui, madame.

CÉSAR.

Vous savez donc ?...

FIAMMA.

Je le crois bien ! le Pione m'en a rempli les oreilles.

SCOPA.

C'est un malheur public.

FIAMMA.

Beaucoup de fumée, peu de feu.

SCOPA.

Je n'en sais rien, madame... Les Modénois ont la langue

bien pendue, ils ne cesseront de crier que si on la leur coupe.

FIAMMA, riant.

On la leur coupera, n'est-ce pas, monseigneur?

CÉSAR.

Je ne ris pas, comtesse!

FIAMMA.

Ni moi non plus!

SCOPA.

Je me charge de rendre à ce peuple son idole.

FIAMMA, un peu troublée.

Connaît-on le ravisseur?

SCOPA.

Pas du tout!

FIAMMA, se remettant.

Ah!

SCOPA.

Mais moi!

FIAMMA.

Vous!

SCOPA.

Oui, madame! (Bas à César.) Je suis sur la trace!

FIAMMA.

Vous êtes un homme précieux, je l'ai toujours dit. Et qui soupçonnez-vous?

SCOPA.

C'est bien simple. Dans de certains pays, en France, par exemple, il y a un crime commis, et d'une façon audacieuse, on dit : « Cherchons la femme! » en Italie, il faut dire : « Cherchons le moine! »

FIAMMA.

Le moine?

SCOPA.

A qui peuvent servir les embarras de notre seigneur et duc, don César d'Este? à un moine; — qui a le bras assez long, caché sous sa soutane, pour susciter une sédition, de Rome, où il habite, dans un hameau de Modène, où il n'est pas? un moine; — qui a été dépouillé d'un des plus beaux fiefs de l'empire par l'avènement de Son Altesse au trône de François II et qui ne serait pas fâché de les reprendre? un moine, madame, toujours un moine!

FIAMMA.

Le cardinal Renaud d'Este?

SCOPA.

Vous y êtes! (*Fiamma, involontairement, échange un demi-sourire avec le Pione. Scopa bas, à César.*) Ils sont d'intelligence, c'est elle qui a fait le coup!

LE PIONE, *bas à Fiamma.*

Vous êtes soupçonnée, ils se sont parlé bas!

SCOPA, *bas à César.*

Elle ne peut l'avoir cachée que dans sa maison de Correggio. Carte blanche pour agir, monseigneur, je la retrouverai?

CÉSAR.

Carte blanche, va!

Scopa sort.

FIAMMA, *bas au Pione.*

Surveille Scopa.

SCÈNE III

CÉSAR, FIAMMA.

CÉSAR.

Nous voilà seuls!

FIAMMA, *lui tendant son front.*

Mon César, vous êtes bien le plus charmant gentilhomme de l'Europe, je vous le jure!

CÉSAR.

Et vous, comtesse, la plus adroite couleuvre que je connaisse!.. Je ne suis pas votre dupe, vous savez?

FIAMMA.

Ma dupe?

CÉSAR.

Où est elle ?...

FIAMMA.

Qui, elle ?

CÉSAR.

Lydia ?

FIAMMA.

Comment, vous croyez ?...

CÉSAR.

Foi de duc !

FIAMMA.

Eh bien, quand cela serait ?

CÉSAR.

Vous l'avouez donc ?

FIAMMA.

Parfaitement ; je suis jalouse.

CÉSAR.

Très-bien, vous faites une sottise et j'en porte la peine. . Dona Fiamma s'amuse, et le peuple crie : A bas don César !...

FIAMMA.

Oh ! le peuple !

CÉSAR, *perdant patience*.

Mais le peuple est le peuple, madame... il viendra tout simplement m'assiéger dans mon palais si je ne lui rends pas son idole !...

FIAMMA.

Vous l'aimez donc bien ?

CÉSAR.

Mon peuple ?

FIAMMA.

Lydia ?... Pourquoi m'avez-vous promis de m'épouser, alors ?

CÉSAR.

Moi ?

FIAMMA.

Vous l'avez oublié ?... n'en parlons plus. (*Se levant.*)

Que suis-je, après tout !... Une Montefeltro ! Peu de chose, en vérité !... Vous êtes de la maison d'Este... maison ducale contre maison princière, où est la honte ?... Nous ne sommes ni l'un ni l'autre canonisés, je crois ?... de branches bâtardes tous deux... nous nous valons, monseigneur !...

CÉSAR, froissé.

En voilà assez ! (A part.) Nous traitons d'égal à égal, à ce qu'il paraît ! (Haut.) Je vous donne une heure pour renvoyer cette jeune fille à ses parents ! (A part.) Ah ! d'égal à égal ! (Haut.) Une heure, entendez-vous, une heure !

FIAMMA.

Dans une heure je serai duchesse de Modène, ou Lydia disparaîtra !

SCÈNE IV

LES MÊMES, FABRIZIO, TURCI, SEIGNEURS.

TURCI, entrant en riant.

Ah ! ah ! ah !.. Vous n'en riez pas, vous êtes absurdes !... Où prendrons-nous nos maîtresses si le peuple nous ferme ses portes, bon Dieu !... (Apercevant César.) Ah ! pardon, Votre Altesse !...

CÉSAR.

Oh ! pas d'Altesse !... le comte Manfredi comme toujours. Nous échappons aux mensonges, aux ennuis du pouvoir par la libre gaieté de cette villa.

FIAMMA.

Nous vous attendions.

CÉSAR.

De quoi riait-on si fort ?

FABRIZIO.

La chose au fond n'est nullement plaisante, mais Turci s'amuse de tout. Je leur racontais un rapt. Dans les environs, au hameau des Roses, une jeune fille, en effet, a été enlevée. Les ravisseurs, déguisés en vignerons, s'étaient mêlés à la fête de la Madone de l'Arc. Atterrés tout d'abord, les gens du bourg se sont bientôt mis en révolte, ils songeaient à brûler la ville voisine.

CÉSAR, bas à Fiamma.

Vous l'entendez, madame?

FABRIZIO.

Ils se sont heureusement ravisés, grâce aux conseils d'un frère quêteur qui passait.

TURCI.

Un frère quêteur! et ces imbéciles qui songent à incendier des villes pour une donzelle que je ne connais même pas! Le père de la belle et son fiancé poussaient des rugissements féroces.

FABRIZIO.

Ils revenaient des vignes de la Capouane. Rebroussant chemin aux cris qu'ils entendaient, ils ont appris leur malheur La colère de l'amant surtout peut aller loin.

CÉSAR, bas à Fiamma.

Je ne leur fais pas dire!

FIAMMA.

Vous finirez par m'attendrir, monseigneur.

Elle sort.

CÉSAR.

J'irai moi-même les rassurer.

FABRIZIO.

Ce serait imprudent, monseigneur. J'ai entendu accuser le comte Manfredi.

CÉSAR.

Je démentirai cette calomnie!...

FABRIZIO.

Ils peuvent ne pas vous croire.

CÉSAR.

Je leur dirai mon vrai nom.

FABRIZIO.

On a vu des peuples grandir leurs colères jusqu'à des têtes souveraines!

CÉSAR.

Ces rois-là ne savaient pas regarder le danger en face!

Bruit de voix à l'extérieur.

FABRIZIO.

Le danger, monseigneur!... il vient peut-être vous chercher !

CÉSAR.

Qu'elle soit la bienvenue, cette vieille connaissance qui ne m'a jamais fait battre le cœur!

Andréa, repoussant les volets, entre violemment. Il est suivi d'Antonio.

SCÈNE V

LES MÊMES, ANDRÉA, ANTONIO.

ANDRÉA.

J'entrerai, vrai Dieu, j'entrerai!

TURCI.

Nous enfonçons les portes... Très-bien!

ANDRÉA.

Les repaires ne me font pas peur... j'ai pris des sangliers dans leur bauge et des aigles dans leur nid !

CÉSAR.

Vous cherchez quelqu'un, mon cavalier?

ANDRÉA.

Oui, quelqu'un !... je le reconnaîtrai à sa face maudite où son crime doit être empreint. (*A César.*) Tête de lion, ce n'est pas toi!... (*A un seigneur.*) Profil de vautour, oiseau de proie... Tu es le comte Manfredi !

LE SEIGNEUR *portant la main à son épée.*

C'est au capitaine Malato que tu parles... son épée va te le prouver!...

ANDRÉA.

Nous verrons cela plus tard! (*A Turci.*) Mine de renard, ruse et trahison, tu es le comte Manfredi!..

TURCI, *tirant son épée.*

C'est du sang qui va couler, je vais te clouer ton injure à la gorge!...

CÉSAR, *arrêtant d'un geste.*

Turci!

ANDRÉA, *à Fabrizio.*

Alors c'est toi... rien de grand sur ce front, pas d'éclair dans ces yeux, violence et luxure : tu es le comte Manfredi!

FABRIZIO.

Descends, je vais te dire mon nom entre deux chocs d'épée!

ANDRÉA.

Tout à l'heure! Où donc est-il enfin, cet homme?

CÉSAR, *s'approchant.*

Devant toi!

ANDRÉA.

Ah!

Mouvement pour se jeter sur Andréa.

CÉSAR.

Ne bougeons pas, je vous prie?... vos injures sont miennes. Quand on joue chez moi, je réponds des dettes; et si on insulte mes hôtes, c'est moi qui paye. (*A Andréa.*) Que voulez-vous?

ANDRÉA.

Je suis Andréa!

CÉSAR.

Andréa, ou le diable!... Après?

ANDRÉA.

Je suis l'homme que tu as insulté.

CÉSAR.

Je te reconnais!

ANDRÉA.

Bien, passons! je suis le fiancé de Lydia!...

CÉSAR.

Ah! ah!

ANDRÉA.

Tu vas me la rendre ou je te tue!...

CÉSAR.

Un duel?

ANDRÉA, *tirant un pistolet de sa ceinture.*

Pardieu, non, un assassinat!

CÉSAR.

Vous m'assassineriez?

ANDRÉA.

Au prix de mon salut, s'il le faut, Oui!.. ma fiancée ou tu es mort!

Il l'ajuste.

CÉSAR, baissant sa main.

En ce cas, un peu plus bas, je vous prie... au cœur... sans être coquet, ni beau, je ne tiens pas à être défiguré.

ANDRÉA.

Par Satan !...

CÉSAR.

Moins haut!... Tenez... comme cela!.

ANDRÉA, lui posant le pistolet sur la poitrine.

Ou ainsi ?

CÉSAR, se redressant.

Tu ne peux trouver rien de mieux à la gueule de ton arme régicide.. Tu as devant toi César d'Este, Feu !

ANDRÉA, reculant.

César d'Este!

CÉSAR.

Feu! feu!

ANDRÉA, à part.

Mon père!

CÉSAR.

Ah! tu trembles!

ANDRÉA, à part.

Mon rival !

CÉSAR.

Ah! tu pâlis!...

ANDRÉA, à part.

L'homme qui m'a flétri!

Il laisse tomber son arme.

CÉSAR.

On ne s'assied pas devant le maître. Debout! (Andréa se lève. César, d'une voix terrible.) Et l'insulte faite à son seigneur retombe en pluie de sang sur le coupable!... C'est crime de lèse-majesté ; tu vas mourir!(A ses gardes.) Cet homme en lieu sûr! un prêtre, puis le bourreau... Allez!...

ANDRÉA.

Vous m'envoyez au supplice?... vous?... moi?... La justice de Dieu vous tient, vous ne connaîtrez mon nom qu'après ma mort!

CÉSAR.

Ton nom?

ANDRÉA.

Après ma mort, monseigneur, après ma mort!

On l'emmène.

SCÈNE VI

LES MÊMES, puis FIAMMA.

ANTONIO.

Non, ni avant, ni après!

CÉSAR.

Qui es-tu, toi?

ANTONIO.

Je suis le père de Lydia!

Il le frappe de son poignard, l'arme se brise.

CÉSAR, *lui saisissant le bras.*

Misérable!

Les seigneurs se jettent sur lui et le terrassent.

FIAMMA, *accourant.*

Que se passe-t-il donc?

TURCI.

Un assassin!

ANTONIO.

Il porte une cuirasse, mon arme s'est brisée!

CÉSAR.

Une cuirasse?... (*Montrant une médaille.*) Non, ceci, morbleu!... oui, monsieur, une médaille!.. je finirai par croire à quelque chose. Dieu me damne!

FIAMMA.

Vous n'êtes pas blessé?...

CÉSAR, *sèchement.*

Non. (*A un garde.*) Tu vois cet arbre... là-bas... tu feras pendre ce drôle à la maîtresse branche au premier signe que ferai.

ANTONIO.

Donne-toi ce double plaisir de voir mourir à la même heure le jeune homme et le vieillard... Va... tue, assassine... mets tes pieds dans des mares de sang... Cette fange rouge remontera tôt ou tard comme un flot pour t'étouffer!

CÉSAR.

Ce serait dur! emmenez-le!...

ANTONIO.

Ton tour viendra, César d'Este, ton tour viendra!

On l'emmène. Le Pione entre.

SCÈNE VII

Les Mêmes, LE PIONE

LE PIONE, *bas à Fiamma.*

Scopa est allé à votre maison de Correggio .. il a forcé les portes. Lydia est en son pouvoir!

FIAMMA, *à part.*

La partie est perdue.

CÉSAR, *à Fiamma.*

Vous êtes la cause de tout ce scandale, madame; je vous exile!...

FABRIZIO, *indigné.*

C'est justice, monseigneur, c'est justice!... une maîtresse n'est qu'une maîtresse, elle devient une ennemie du jour qu'elle l'oublie.

CÉSAR, *à Fiamma.*

Mes amis vous condamnent comme moi.

FIAMMA.

Vous m'exilez dans mes appartements?

CÉSAR.

Non, loin de Modène!

FIAMMA.

Vous me chassez?

CÉSAR.

Nous nous séparons, voilà tout!

FIAMMA.

Une pareille rigueur, au moment même où Scopa vient de violer mon seuil... au moment où Lydia est dans ses mains... c'est-à-dire dans les vôtres?

CÉSAR.

Vous connaissez ma volonté.

FIAMMA.

Vous me sacrifiez à cette plébéienne?...

CÉSAR.

S'il vous plaît de le prendre ainsi, libre à vous!...

Il lui tourne le dos et va à ses amis.

FIAMMA, *à part.*

Je suis vaincue!... (*César et les seigneurs se parlent bas et rient.*) Ils rient!.. Ils préludent aux insultes qui m'attendent demain!... (*Nouveaux rires.*) Ma disgrâce vous égaye à ce point?... (*Avec une rage sourde.*) Chiens de cour, vous devinez les coups de pied du maître par ceux que vous avez reçus, n'est-ce pas?... et vous, complaisants, maris aveugles et bons parents, vous reconnaissez le ruisseau où je tombe aux éclaboussures que vos filles et vos femmes ont faites, n'est-il pas vrai! Oh! vous m'écouterez!... vous ne m'effrayez pas. Je suis une excellente commère au besoin, et toute prête à mettre les poings sur la hanche comme une autre. N'a-t-on pas dit que j'avais été fille d'auberge? eh bien! c'est vrai!.. l'hôtellerie que nous hantons à cette heure est une caverne, notre hôte un ambitieux de sac et de corde... et vous, les voyageurs, des mendiants de titres et d'honneurs... mais non, vous les avez payés!...

CÉSAR, *riant.*

Elle a la langue bien pendue!

FIAMMA.

Comme un carillon... et je fête mes saints!... (*A un seigneur.*) On t'a racheté des mains des usuriers, toi!... (*A Fabrizio.*) On t'a fait tout-puissant, toi !... (A Turci.) Et toi, comte et baron !... voulez-vous que je vous dise pourquoi ?... Inutile : mieux que moi tes deux sœurs te l'apprendront, Fabrizio... Comte de Turci, ta chaste fille te le dira... et vous, gentilshommes avilis, vos nobles épouses vous l'expliqueront... à moins que monseigneur César, duc de Modène et de Reggio, votre illustre seigneur et ami, ne s'en charge !

CÉSAR.

Ah ! c'en est trop !

FIAMMA.

Je ne vous ai jamais aimé, entendez-vous?... pas plus que cette Lydia, que vous attendez, ne vous aimera !... mais patience !... de toutes ces hontes amassées et de toutes ces haines, comme des nuées, sortira un jour la foudre qui doit vous atteindre !... elle gronde déjà ... elle est sous vos pieds... sur votre front... et si une vengeance humaine peut se mêler à ces colères, ce sera la mienne, César d'Este !... Au revoir !

Elle sort.

CÉSAR, *riant.*

Le jour aux imprécations !... le grand Être en aurait les oreilles cassées s'il avait la naïveté de s'occuper de nos misères.

Il s'assied.

FABRIZIO, *bas aux seigneurs.*

Il mêle l'ironie à l'insulte, vengeons-nous !...

TURCI, *lui serrant la main.*

Oui, oui.

Ils sortent. Scopa vient d'entrer.

SCÈNE VIII

SCOPA, CÉSAR.

SCOPA.

Fiamma est sortie furieuse et Fabrizio a l'air menaçant ?..

CÉSAR.

Bien !... Voyons, Lydia ?

SCOPA.

Elle est ici près, toute frémissante et désespérée. Elle sait tout. Elle ignore devant qui elle va paraître.

CÉSAR.

Très-bien !

Scopa va à la porte du fond et fait un signe ; Lydia paraît conduite par deux gardes.

SCÈNE IX

LYDIA, CÉSAR.

LYDIA, se dégageant de leurs mains.

Ah ! laissez-moi !

Elle se précipite aux pieds de César.

Monseigneur, c'est mon père !... c'est mon fiancé !... ah ! grâce !... grâce !...

CÉSAR, la relevant

Relevez-vous. Ma pitié vous est acquise !...

LYDIA, lui baisant les mains.

Ah ! vous êtes bon !

CÉSAR.

Relevez-vous !

LYDIA, le reconnaissant.

Le comte Manfredi !...

CÉSAR.

Vous êtes chez un ami.

Il veut lui prendre la main.

LYDIA, avec horreur.

Ah ! rien de vous !... rien de cet homme, sortons d'ici !

CÉSAR.

Ne heurtez pas, en sortant, la tête de votre père ou celle de votre amant, mignonne !

LYDIA.

Ah ! Dieu ! mon père !... Andréa !... Vivante, je suis entre deux morts !

CÉSAR.

Oui, l'échafaud pour l'un, pour l'autre le gibet !

LYDIA.

Grâce ! grâce ! ne les tuez pas ! Ah !... ah !

CÉSAR.

Mon cœur désespéré crie aussi : en aurez-vous pitié ?

LYDIA.

Il existe des hommes comme cela !

CÉSAR.

Ceux qu'on n'aime pas...

LYDIA.

Vouloir vendre à une pauvre fille la tête de son père !..

CÉSAR.

Pour un sourire !

LYDIA.

Le sang de son fiancé !

CÉSAR.

Pour un regard !

LYDIA.

Vous me faites horreur ! .. Leur sang retombera sur vous !... et le mien aussi, car je me tuerai ! Oh ! oui, la mort : ils m'aimeront mieux froide et couchée à côté de leurs dépouilles sanglantes que déshonorée dans vos bras et eux vivants !

CÉSAR.

Même le désespoir est une beauté chez elle !.. Tu tiens dans tes mains la destinée de ton père et celle de ton fiancé... ouvre-les... ils vivront ou mourront à ton gré. Ma protection ou ma haine les suivra partout !... Juge du pouvoir que je te reconnais !.. toutes les femmes t'envieront. Tu seras riche, toute-puissante, tu seras belle de ta beauté et belle de toutes les merveilles que l'art, la richesse, le bonheur, peuvent trouver.

LYDIA.

C'est odieux, ce que vous faites-là, savez-vous !

CÉSAR, *furieux.*

Misérable action, eh bien, soit ! J'ai droit de haute et

basse justice, ta beauté pour leur rançon ou leurs têtes tomberont.

LYDIA.

Ma beauté!.. que ne puis-je l'anéantir puisque c'est par elle que je te plais! je me verrais avec joie des rides au front... des déchirures au visage... les yeux éteints... je me voudrais repoussante, difforme... à faire pitié... à faire horreur... si tu devais à mon aspect reculer d'épouvante, de dégoût et reporter tes vœux loin de moi!... Ah! tu me trouves belle!... (S'emparant du couteau d'Antonio.) Tiens, avec ce tronçon d'arme, je me labourerai la face pour me punir de t'avoir plu!

CÉSAR, lui arrachant le couteau.

Ah!...

LYDIA.

C'est toi qui trembles!

CÉSAR.

Oui!... Ah! tu es belle!... je te donnais mon cœur, je t'offre ma vie, mon pouvoir, ma couronne ducale... Ta fierté, qui se refuse à l'amour d'un simple gentilhomme, daignera peut-être descendre jusqu'au trône de César d'Este?

LYDIA.

Le duc!

CÉSAR.

Lui-même!

LYDIA, à part.

Le père d'Andréa!... (Avec horreur.) Son père!...

CÉSAR.

Acceptes-tu?

LYDIA.

Jamais! jamais! jamais!...

CÉSAR.

En vérité?... (Il la prend par la main et la conduit à la fenêtre.) Regarde, alors!

LYDIA.

Ah! mon père!... le bourreau!... arrêtez!...

CÉSAR.

Oui... c'est ton père... pieds nus... la corde au cou!... Un mot de moi, c'est fait de lui!

LYDIA.

Monseigneur, vous ne donnerez pas cet ordre !

CÉSAR.

Un signe de cette main, et il est lancé dans la mort !

LYDIA, saisissant ses mains.

Ah ! (Suppliant.) Monseigneur !... monseigneur !...

CÉSAR.

Tu peux le sauver !...

LYDIA.

Un jour vous serez à la merci de Dieu, comme nous sommes devant vous... Monseigneur, aujourd'hui pardonnez pour que Dieu vous pardonne... je me retirerai dans un couvent... je serai morte pour tous... je prierai pour votre altesse... je vous bénirai !...

CÉSAR.

M'aimeras-tu ?

LYDIA.

Jamais !... (Mouvement menaçant de César.) Ah ! ne menace plus : tu peux donner l'ordre, je vais voir mourir mon père !

Elle sort.

CÉSAR.

Elle réfléchira.

DEUXIÈME TABLEAU

Une orgie à la villa Manfredi. — Trois tables magnifiquement servies. Au milieu, sur une estrade, celle de César. Des fleurs partout. Des statues. Hauts candélabres sur les côtés. Trépieds chargés de parfums et brûlant. — Large escalier, à droite, avec palier.

SCÈNE PREMIÈRE

CÉSAR, TURCI, FABRIZIO, CARLOTTA, SEIGNEURS, COURTISANES,

César seul à la table du milieu; à sa gauche un fauteuil vide ; aux deux autres tables, couronnés de roses, les convives. Des pages et des serviteurs font le service. On rit, on boit, on chante. Debout derrière les femmes se tiennent quelques seigneurs qui coquettent avec elles et boivent dans leur verre.

FABRIZIO.

On étouffe !... liberté complète, n'est-ce pas monseigneur?

CÉSAR.

Liberté complète ! (Fabrizio va ouvrir la fenêtre. Turci et deux autres seigneurs vont le rejoindre. César aux gentilshommes qui sont debout en leur montrant les places vides.) j'ai horreur du vide !... Le roi est mort, vive le roi !... succédez, messieurs, succédez.

TURCI, bas à des amis.

N'agissons pas sans l'ordre de Fabrizio.

FABRIZIO, à part.

Comme un larron tu t'es glissé à notre foyer, César... nous voici au tien... rampant à notre tour, mais implacables et terribles !

TURCI, bas à Fabrizio.

Le signal se fait attendre.

FABRIZIO.

Il viendra!... à l'heure dite, nous frapperons.

CÉSAR.

Sur mon âme, le vrai paradis, le voilà... plus d'affaires, pas de soucis, des parfums, de la musique, et des vins que la plus savoureuse des Espagnes nous envoie en rechignant ! (Levant sa coupe.) A la ville de Xérès !

CARLOTTA, richement vêtue, au bras d'un seigneur, à César en montrant le fauteuil vide.

Cette place vide m'attire !

CÉSAR.

Vide?... Non pas, j'y vois quelqu'un.

CARLOTTA *s'arrêtant.*

Quelqu'un ?

CÉSAR.

Par la pensée!.. Laissez sonner minuit, vous me direz si ce n'est pas une vierge de Raphaël que j'ai trouvée. Tenez-vous bien, mes infantes!.. Pardieu, vous êtes belles, oui, certes; Toi, Namoussa, tu débarques de Byzance; Nadèje nous vient de Circassie; vous autres, on ne sait d'où de partout... mais du pays de l'amour. Celle que j'appelle a le pied italien... la blanche et chaude peau des femmes de Modène... ce n'est pas une duchesse, c'est encore mieux : Une reine!... Mieux encore une... une...

CARLOTTA.

Une quoi ?

CÉSAR.

Une vraie femme !

FABRIZIO.

Elle a un nom, alors ?

CÉSAR.

Tu ne devines pas?... Tu es lugubre de bêtise cette nuit, Fabrizio. La Madone des Roses!

FABRIZIO.

Bravo, un ange qui laisse tomber ses ailes... Une étoile qui descend de son ciel!... A sa santé! Et cette vertu vous coûte, monseigneur?

CÉSAR.

Rien.

TOUS.

Rien ?

CÉSAR.

La tête de son père. La belle s'est ravisée au pied du gibet. Bref, à minuit, trois coups de canon...

CARLOTTA.

Le canon à minuit ?

CÉSAR.

La belle a pris ses précautions. Au premier coup de canon, accompagné d'hommes dévoués, son père sortira de prison... Au second coup, ils auront franchi nos murailles... Au troisième le bonhomme sera en sûreté.

TOUS.

Et la fille?

CÉSAR.

Le père au diable, la fille à l'amour! Çà, remplissons ces coupes; que les orchestres invisibles retrouvent leurs plus fraîches mélodies; et les trépieds, qui fument, leurs plus doux parfums; Que tout vive, espère, aime, respire, et salue d'avance celle qui vous commandera bientôt à tous puisqu'elle me commande déjà à moi-même : à la Madone des Roses!

TOUS.

A la Madone des Roses!

CÉSAR, aux danseuses.

Et vous, filles de Terpsichore, dansez... je l'attends!

On danse. Arrive Scopa, fort pâle et très-agité.

SCÈNE II

LES MÊMES, SCOPA.

TURCI, à Fabrizio.

Scopa!

SCOPA, à part.

J'arrive à temps!... (*A César.*) Monseigneur, monseigneur!

CÉSAR.

Ah! c'est toi, drôle!

SCOPA, à part.

On m'a prévenu à temps! (*A César.*) Monseigneur, des choses graves...

CÉSAR.

Les affaires, à demain!... à demain!... Versez!...

SCOPA.

Mais, monseigneur...

CÉSAR, levant sa coupe.

Après nous le déluge!

SCOPA.

Mais le déluge frappe à votre porte!

CÉSAR.

N'ouvrez pas, nous buvons sec! (On rit.) Une coupe à Scopa... pleines rasades au sermonneur, il deviendra sage!

FABRIZIO, bas à Turci.

Ivre!... nous n'aurons plus à nous en occuper!

Il verse à boire à Scopa.

SCOPA.

Je n'ai pas soif!

CÉSAR.

Bois, mort du Christ, je le veux!

SCOPA, après avoir bu, à César, sans quitter des yeux les quatre conspirateurs.

Monseigneur, on veut vous assassiner!

Mouvement des conspirateurs.

CÉSAR, mangeant.

Ah bah!

SCOPA, à part.

Ils ont tressailli! (A César.) Les assassins s'entendent avec les mécontents de Corregio... Ils seront bientôt dans ce palais.... ils y sont déjà peut-être! (Mouvement des conspirateurs. — A part.) Ce sont eux!

CÉSAR.

Bois donc!

FABRIZIO, lui versant à boire.

Buvez donc!

SCOPA.

Ah! charmant, un marquis pour échanson!... Marquis, à votre santé!

TOUS, de son côté.

Vive Fabrizio!

TURCI, lui versant aussi à boire.

Goûtez-moi ça!

SCOPA.

Un comte!... Comte, je bois à vous!

TOUS.

Vive, vive Turci!

SCOPA, *à part.*

Ils veulent par l'ivresse se débarrasser de moi! (*Haut, en jouant l'ivresse.*) Le vin, comme la mort, rétablit l'égalité! Marquis, je vous aime! (*Tout en parlant, il l'a pris dans ses bras et le palpe. A part.*) Il est armé! (*Même jeu avec Turci et les deux autres seigneurs.*) Vous aussi, comte!... Vous aussi, mes gentilshommes! (*A part.*) Tous armés!... Emmenons le duc, il pourrait être tué dans la bagarre!... (*Haut.*) Monseigneur... monseigneur... un mot... à vous seul... venez!...

CÉSAR.

Tu recommences!

SCOPA.

Au nom du ciel, monseigneur!...

CÉSAR.

Que peux-tu me dire de plus?... Un assassinat?... nous le verrons bien; Correggio est en révolte? Eh bien!.., à propos, pourquoi?...

SCOPA.

Sans raison!

CÉSAR.

Sans raison?... mon peuple est donc fou?... Qu'on lui envoie mon médecin!

SCOPA.

Le vrai médecin, ce serait Votre Altesse avec une bonne compagnie de lansquenets!

CÉSAR.

Bois donc!

FABRIZIO, *lui versant à boire.*

Obéissez, mon maître!

SCOPA.

Correggio, monseigneur, a toujours eu de la sympathie pour Renaud d'Este...

CÉSAR, se levant et lui versant à boire lui-même.

Bon, le cardinal à présent!... nous allons trinquer en son honneur!

SCOPA.

Des moines... les moinillons du cardinal sondaient les mécontents. (Il boit.) Vous pouvez vous vanter de votre cave, monseigneur! (Sa langue s'embarrasse peu à peu.) Ces moines savent s'y prendre. Entretenue par eux, l'étincelle devient vite incendie. J'ai éventé la mèche, vous n'avez que le temps de mettre le pied dessus.

CÉSAR.

Tu vas me brouiller avec le Saint-Père.

SCOPA.

Ce serait un malheur! Fiamma broche par-dessus le tout. Encore une robe que vous avez contre vous... c'est-à-dire la ruse, la calomnie, la trahison du sourire, l'assassinat en détail, le guet-apens de la faiblesse!...

CÉSAR.

Merci pour Fiamma!

SCOPA, ivre.

Je vous dis la vérité, moi. Vous n'êtes entouré que de flatteurs! (Levant sa coupe.) A la santé du plus vaillant... au prince incomparable... à César d'Este!

TOUS, riant.

A César d'Este!

SCOPA.

L'excellent vin!

CÉSAR.

Et qu'il faut quitter, Scopa!

SCOPA.

Monseigneur en a déjà assez?

CÉSAR.

Et Correggio?... il faut y aller, Scopa, le casque en tête et l'épée serrée aux reins!

SCOPA

Il fait bien chaud!

CÉSAR.

Mais la révolte?

SCOPA, buvant.

Oh ! une flambée de paille !

CÉSAR.

Un monde !... et Renaud d'Este ?

SCOPA.

Envoyez-lui un rosaire !

CÉSAR.

Fiamma ?

SCOPA, cherchant à rassembler ses idées.

Fiamma ?... Pourquoi suis-je venu ?

On rit.

TURCI, bas à Fabrizio.

Le moment est propice, aux poignards !

FABRIZIO.

Tout à l'heure !

SCOPA.

Pourquoi ?

Il se laisse tomber sur un siége.

CÉSAR, se penchant sur lui.

Cherche !

On rit. César se remet à sa place.

SCOPA.

Je ne me souviens plus. J'étais venu pour quelque chose, pourtant !

Un chœur se fait entendre au loin ; il se rapproche peu à peu.

TURCI, bas à Fabrizio.

Le signal !

FABRIZIO.

Chacun à son poste ! au *crescendo* éteignons, et tous quatre, là, en plein festin, à cette table, frappons au cœur !

Les conspirateurs, sans en avoir l'air, se dispersent parmi les invités et vont attendre aux quatre coins de la salle. Les chanteurs se rapprochent.

SCOPA, cherchant à ressaisir sa pensée.

Cette musique !

CÉSAR.

Des retardataires de la fête de la Madone de l'Arc, sans doute. (Le chœur s'arrête au bas de la fenêtre.) Non, c'est en notre honneur. Qu'on leur jette, remplie de sequins, cette coupe d'or où j'ai bu.

SCOPA.

Cette musique a un sens... mais lequel ?...

Grand bruit de castagnettes et de tambour de basque, avec redoublement de voix.

FABRIZIO, *criant.*

Le crescendo !...

Les lumières s'éteignent tout à coup sous de larges manteaux lancés par les conspirateurs. Tumulte. César s'est levé. Les conspirateurs le cherchent dans l'obscurité.

SCOPA, *se levant.*

Ces ténèbres !... cette musique ! (*Se souvenant tout à coup.*) Ah ! signal pour signal, bandits !

Il brise une coupe en la jetant violemment par terre, des gardes entrent et entourent César. Quatre hommes d'armes, torches en main, paraissent aux quatre coins de la salle. Stupéfaction et terreur générales. Les quatre hommes s'avancent lentement, solennellement, comme des spectres de fer, et se dirigent vers les conjurés.

TURCI, *bas à Fabrizio, en reculant.*

Nous sommes trahis !

FABRIZIO.

Non !

TURCI.

Que nous veulent ces hommes d'armes, alors ?...

FABRIZIO.

Vous vous effrayez à tort. Le coup est manqué, voilà tout. (*Haut.*) Rallumons les flambeaux !

Fabrizio, Turci et les deux seigneurs prennent des candélabres et veulent les rallumer aux torches des hommes d'armes.

LES QUATRE HOMMES D'ARMES, *leur saisissant le bras.*

Trop tard !

SCOPA.

Oui, trop tard ! (*Il se précipite sur les conjurés, les fouille et leur enlève leurs armes qu'il jette aux pieds de César.*) Tenez, monseigneur, comprenez vous !... tenez !... tenez !... ces misérables voulaient vous assassiner !

FABRIZIO.

Tu nous avais outragés. César, le crime enfante le crime, les mauvais princes font les mauvais vassaux !

LES CONJURÉS.

Oui !

CÉSAR.

Emmenez-les !

FABRIZIO, fièrement.

Nous saurons mourir !

LES CONJURÉS.

Oui !

Ils sortent la tête haute, appuyés les uns sur les autres.

CÉSAR, montrant les torches.

Ces rouges lueurs mêlées aux pâles rayons de la lune me plaisent. A boire !

On va pour se mettre à table ; minuit sonne. Au deuxième coup, Lydia paraît à travers les arcades et s'arrête au haut de l'escalier. La lune l'éclaire ; elle est voilée.

SCÈNE III

LES MÊMES, LYDIA.

CÉSAR.

La voilà !... tout mon être frissonne !... j'ai vingt ans !... (Aux convives.) Votre reine est devant vous ! (Allant au devant de Lydia et lui tendant respectueusement la main.) Votre place était marquée, madame !... (Il la conduit au fauteuil. Lydia s'assied sans répondre. — A part.) Froide comme le marbre ! je lui donnerai une âme !... (Se penchant vers elle.) Vous avez tenu votre parole, je tiendrai la mienne. N'enlèverez-vous pas ce voile... tissu cruel qui nous prive de la vue d'une si parfaite beauté ?... Que peux-tu craindre ?... Tu es plus belle à toi seule que toutes celles qui sont ici. Rejette ce voile !... Non ?... J'attendrai... parle-moi, au moins... oh ! oui, cette voix, cette voix qui m'a refait une jeunesse et donné une âme, oh ! que je l'entende encore, parle !

Lydia se lève comme pour le fuir et descend la scène.

CÉSAR, la suivant.

Ta démarche éloquente m'attire. Je te reconnais. Phidias t'aurais prise pour modèle, Michel-Ange, pour idéal. D'autres peuvent t'aimer, moi je t'adore comme le plus pur chef-d'œuvre du divin sculpteur. Sa main céleste a modelé tes chairs; l'invisible artiste a pris aux étoiles leurs plus doux rayons pour éclairer tes yeux ; toutes les voluptés des choses aimées, caressées, revivent en toi ; Tu es la grâce, tu es le charme, tu es la lumière, et je m'incline pour la première fois devant le mystérieux producteur, parce que sa création est digne d'un Dieu !...

Il s'agenouille devant elle. Un coup de canon.

LYDIA, à part avec une émotion croissante.

Un !

CÉSAR.

Ton père sort de sa prison. Il est libre ; tu le vois, tu ordonnes et j'obéis!... oui, en esclave; ton esclave, Lydia, heureux de l'être, chère fille !... oublie le pacte odieux qui nous lie... mon cœur et le tien peuvent se confondre dans une plus douce pensée... dans un seul rêve... dans cette communion du bonheur où le monde entier disparait !

Deuxième coup de canon.

LYDIA.

Deux !

CÉSAR

Ton père s'éloigne, dans un instant il sera à l'abri ! même de ma colère. Regarde à tes pieds cet homme vaincu, cet amant soumis et charmé que toutes les voluptés invisibles de ta personne enveloppent, tu peux donc m'entendre. Je t'aime !

Troisième coup de canon.

LYDIA.

Trois!

CÉSAR, l'enlaçant de son bras.

Tu m'appartiens, tu es à moi. Je t'ai conquise ! aucune puissance, humaine ou divine, ne pourrait t'arracher de mes bras, c'est à genoux que je veux admirer tes traits; relève ton voile, ange, dont l'aile m'a touché et ébloui, souris-moi...

tu es ma vision céleste, tu es ma beauté rêvée, viens... viens!

LYDIA, relevant son voile.

Prends-moi donc!

Elle s'est défigurée ; son visage, couturé de cicatrices, témoigne d'une irrémédiable laideur.

CÉSAR.

Dieu du ciel!

LYDIA, se penchant vers lui.

Tu ne me reconnais pas?... mais c'est bien moi... moi, Lydia. Ta beauté rêvée? mais regarde donc!

CÉSAR, se levant.

Horreur!... horreur!... défigurée!.. elle s'est défigurée!... Stupide vertu!... monstre, va-t'en, va-t'en.

LYDIA.

Laideur, je te remercie!...

CÉSAR.

Elle s'en glorifie...! le chef-d'œuvre de Dieu!... mais non! elle se joue de moi!... c'est un masque! *(Il va la regarder et recule de nouveau avec dégoût.)* Ah!

LYDIA.

La mort m'aurait aussi sauvée de la honte, mais j'ai voulu vivre pour Andréa!

CÉSAR, la tête perdue.

Sortons, sortons!

LYDIA.

Tes crimes t'atteindront tôt ou tard, adieu!

CÉSAR, revenant sur ses pas.

Je te condamne à porter éternellement ce voile!

LYDIA.

C'est prudent, on pourrait reconnaître ton âme à la laideur de mon visage!

CÉSAR.

Lucrèce s'est tuée au moins. Tarquin pouvait encore admirer son linceul!

LYDIA.

Je n'ai pas voulu de cet hommage, moi!

CÉSAR.

Des poëtes trouveront cela sublime, vous verrez!... mais non, même ton Andréa te repoussera!... Les révoltes de la chair sont toutes-puissantes. Je vais te l'envoyer. Ce sera ma vengeance. (Aux convives.) Suivez-moi. (A Lydia.) Ce sera ma vengeance!... Ce sera ma vengeance!

Ils sortent.

SCÈNE IV

LYDIA, puis ANDRÉA.

LYDIA, *seule.*

Il ose comparer l'amour de mon Andréa au sien! C'est mon âme qu'il aime lui, et mon âme est dans une splendeur, ma laideur l'a embellie! oh! oui! accours, mon Andréa. Je ne tremble pas... Je te montrerai mon visage avec orgueil... nos cœurs à nous... ne sont pas faits de vanité et de défaillance un lien divin les réunit!...

Scopa introduit Andréa et sort.

LYDIA, *tressaillant involontairement.*

Le voici!

ANDRÉA *entre en criant.*

Vous ici, Lydia?... Pourquoi ce voile?... qu'avez-vous à cacher?... vous frissonnez?... Écoutez, Lydia : à cette table, les plus impudiques femmes de l'Italie étalaient leur abjection et riaient ; on les entendait ; des chansons obscènes succédaient au choc des coupes vides... Et je vous retrouve dans leur honte... Lydia ; écoutez! ne me cachez rien : Le tyran s'était promis mon sang et me voilà libre... Votre père était déjà au pied de son gibet, et il est libre aussi... libres tous deux... A quel prix?

LYDIA, *à part.*

Si j'allais lui faire horreur!

ANDRÉA.

Votre silence me torture, Lydia, répondez, à quel prix?... Au prix de votre amour... au prix de votre honneur?

LYDIA, *relevant son voile.*

Non, de ma beauté!

ANDRÉA, reculant.

Ah!

LYDIA, avec une profonde douleur en rabaissant son voile.

Lui aussi!

ANDRÉA.

Comment!... ah! Dieu!... Ah! malheureuse!...

LYDIA, se laissant tomber sur un siège.

Il m'aimait comme l'autre!

ANDRÉA, se jetant à ses pieds.

Ah! pardonne-moi!

LYDIA, anéantie.

Comme l'autre!

ACTE QUATRIÈME

PREMIER TABLEAU

Le cabinet de travail de Varano au palais ducal. — Portes au fond. — Portes latérales, à gauche. — Une grande fenêtre, en pan coupé, dans l'angle droit. — Au premier plan, à droite, une sorte de laboratoire improvisé dont on aperçoit une partie. — Une porte conduisant du cabinet de travail au laboratoire.

SCÈNE PREMIÈRE

VARANO, FIAMMA, LE PIONE.

Fiamma est assise. Varano est debout près d'elle. Le Pione, dans le laboratoire, examine de petites fioles rangées sur une tablette.

FIAMMA, à Varano.

On me croit toujours auprès de Renaud d'Este, ne les détrompez pas. (A part, se levant.) Et que Renaud d'Este est encore à Rome, tandis que ses troupes marchent déjà sur Modène... à merveille!... Tout est miné sous tes pieds, César... si tu tombes, et tu tomberas, je veux que ce soit sous mes yeux, dans la boue que j'ai choisie, et que tu sentes que la dernière poussée vienne de moi, de cette main qui aurait pu te relever et qui t'écrase... Tu reconnaîtras à ma vengeance le sang indigné des Montefeltro!...

Pendant ce temps, Varano a rejoint le Pione.

VARANO, *des flacons entre ses mains.*

Oui, poisons et contre-poisons. Ceux-ci exceptés : L'élixir de longue vie... (*En montrant un autre.*) Celui-ci, d'après Paracelse, assure l'immortalité... et cet autre... c'est mon œuvre, à moi !... l'élixir de beauté !... il a seul la propriété de rendre à un corps sa forme primitive.

FIAMMA.

Voyons !

Varano lui remet le flacon. Le Pione les rejoint dans le cabinet.

LE PIONE, *à Fiamma, bas.*

On peut la guérir. Nous sommes venus pour cela.

FIAMMA.

Tu ne me remettras le testament qu'à ce prix ?

LE PIONE.

Je demanderai autre chose encore ?

FIAMMA.

Tu aimes donc Lydia?

LE PIONE.

Non.

FIAMMA.

Tu t'en occupes pourtant alors même qu'elle a été cause de ma perte...

LE PIONE.

Sa beauté pourrait seule lutter contre la vôtre?

FIAMMA.

Que t'importe ?

LE PIONE.

Laide, Andréa l'oublierait!

FIAMMA.

Eh bien ?... (*Le Pione baisse la tête.*) Tu m'as déjà laissé croire qu'il pourrait m'aimer ?

LE PIONE, *d'une voix sourde et terrible.*

Ne l'espérez jamais!

FIAMMA, avec hauteur.

Hein !

LE PIONE, humblement.

Je ne demande qu'à veiller, la nuit, couché en travers de votre porte, voilà tout ?

FIAMMA.

Je n'ai pas besoin qu'on me défende !

LE PIONE.

J'ai peut-être besoin, moi, que d'autres souffrent aussi... ou meurent !

FIAMMA.

Tu oserais ?...

LE PIONE.

Renaud d'Este excepté, oui !

FIAMMA, étonnée

Renaud d'Este ?

LE PIONE.

C'est un prêtre, vous ne l'aimez pas !...

FIAMMA.

Renaud d'Este n'appartient plus à l'Église... il a déposé la pourpre... je peux être sa femme.

LE PIONE.

Soit !... un mari, plus d'amants, duchesse ou veuve, le voulez-vous, voici le testament ?...

FIAMMA.

Donne !

LE PIONE

Vous, vous engagez ?

FIAMMA.

Je le jure !

LE PIONE.

Prenez donc !...

FIAMMA, à part.

Enfin !

LE PIONE.

Chien de garde désormais !

FIAMMA, à part.

J'ensevelis mon cœur. Je me suis donnée sans amour, je

me condamne à ton absence, Andréa... ce sera le châtiment de ma chute, ce sera la pudeur de ma honte! (A Varano.) La guérison de Lydia est encore possible?

VARANO.

Oui, madame. Elle s'est servie de la vapeur de soufre, j'en connais les effets, je peux les combattre.

FIAMMA.

Sans danger?

VARANO.

Les inventions humaines apportent avec elles leurs imperfections. Je n'y ai pas échappé. Cette mixture mal employée peut être mortelle.

FIAMMA, bas au Pione.

Tu l'entends?

LE PIONE.

Lydia décidera.

FIAMMA, à Varano.

J'emporte ce flacon. (Lui donnant sa bourse.) La somme que j'en offre est-elle suffisante?

VARANO.

Je donnerai mes soins à cette pauvre fille. Il est nécessaire qu'elle soit ici, dans mon laboratoire, à portée de toutes les ressources de la science.

FIAMMA.

Dans votre laboratoire?... mais César peut l'y surprendre... il existe un escalier secret qui conduit aux étages inférieurs... à la chambre même du duc, je crois?

VARANO.

Non, à la salle des aigles. Cet escalier ne sert plus.

FIAMMA.

Je vous l'amènerai.

VARANO.

Le plus tôt serait le mieux?

FIAMMA.

Demain, ce soir peut-être, si je découvre sa retraite.

VARANO.

Elle a donc disparu?

FIAMMA.

Oui; la pitié, la curiosité de ses amis la torturaient.

LE PIONE.

On affirme qu'elle s'est réfugiée à quelques lieues de Correggio, dans la tour en ruine du Val-Brûlé.

FIAMMA.

Ce serait un voyage, alors!

VARANO.

On m'a dit, à moi, qu'on l'avait vue rôder autour de la prison.

FIAMMA.

Et dans quel but?

VARANO.

Son fiancé y est enfermé.

FIAMMA.

Andréa?... Andréa est encore prisonnier?

VARANO.

Il n'a jamais cessé de l'être. Le duc, furieux, se venge sur lui.

FIAMMA, bas au Pione.

Tu me l'avais caché?

LE PIONE.

Par prudence, maîtresse... vous auriez peut être sacrifié à son salut...

FIAMMA, à Varano.

De quoi l'accuse-t-on?

VARANO.

Du crime de lèse-majesté. On le juge en ce moment. Sa condamnation est certaine.

FIAMMA.

On le condamnerait à mort?

VARANO.

Le duc veut sa perte.

FIAMMA, à part.

Nous le verrons bien! (Haut.) Et l'exécution aurait lieu?

VARANO.

Immédiatement. L'échafaud doit être déjà dressé. On passera sous nos fenêtres.

FIAMMA.

Je reconnais ta haine, César! (Bas au Pione.) Je veux qu'il

vive !... ton châtiment sera de le sauver. S'il meurt, je te chasse.. s'il meurt, je te maudis... s'il meurt, je me tue !

LE PIONE, à part.

Comme elle l'aime!

FIAMMA.

Tu m'entends bien?

LE PIONE résigné.

Toutes ces paroles n'étaient pas utiles, maîtresse, vous n'aviez qu'à commander.

FIAMMA.

Eh bien, mon Pione, je commande... ou plutôt je t'en prie!...

LE PIONE.

Non, ordonnez, j'aime mieux cela, je ne suis bon qu'à obéir.

FIAMMA, baissant la voix.

Sa délivrance est facile. N'es-tu pas notre agent secret?... n'as-tu pas semé l'or à pleines mains parmi les mécontents ?... les meneurs populaires ne sont-ils pas gagnés?... s'il faut un soulèvement, eh bien, n'hésitons pas!

LE PIONE.

Renaud ne sera que dans huit jours aux portes de Modène ; on peut tout perdre en devançant, en précipitant le mouvement ?

FIAMMA.

Oui, mais il vivra!... le reste me regarde!...

LE PIONE.

J'obéirai.

FIAMMA

Va donc!... Attends, on monte!

VARANO, allant regarder.

C'est le duc!... (Il pousse le verrou, puis leur indique une porte de côté.) Sortez par là!

FIAMMA, à part.

Nous nous reverrons, César. La foudre est plus près de ta tête que tu ne crois!

Ils sortent; César entre, après avoir frappé deux fois ; il est suivi de son chien qu'un négrillon conduit en laisse.

SCÈNE II

CÉSAR, VARANO,

CÉSAR, montrant son chien.

Jupiter est malade, Varano. J'ai voulu te l'amener moi-même.

VARANO, à part.

Un chien!

Il examine.

CÉSAR.

Comment es-tu dans cette chambre?... je la croyais condamnée depuis longtemps.

VARANO.

J'y suis de ce matin. La foudre, cette nuit, est tombée sur le palais; l'appartement que j'occupais en a beaucoup souffert.

CÉSAR.

La foudre?

VARANO.

Monseigneur l'ignorait?

CÉSAR, à part.

Les anciens y verraient un avertissement!

VARANO, montrant Jupiter.

Le mal n'est pas grand, monseigneur!

Il donne une poudre au négrillon qui veut s'éloigne avec le chien.

CÉSAR.

Jupiter!... (Il l'embrasse et le renvoie.) On n'est encore aimé que par ça!

Le négrillon emmène le chien.

CÉSAR.

On est mécontent de moi, n'est-ce pas?

VARANO.

Mécontent de Votre Altesse?...

CÉSAR, se croisant les jambes.

Je te l'apprends, alors. Très-mécontent, mon cher. Tiens-toi donc sur tes gardes. On doit rôder autour de ta conscience, toi, mon médecin. Si on te sollicite... tu sais... une petite pincée de poudre de succession?... donne-m'en avis... je te payerai double?

VARANO.

Monseigneur croit que l'argent...

CÉSAR.

Il aide aux bonnes et aux mauvaises actions. (*A part.*) La laideur de Lydia est devenue une arme contre moi. J'ai été joué. Le père s'est échappé, mais son fiancé me reste, il payera pour deux!... (*A Varano.*) Tu vas rendre à Lydia sa beauté. Tu le peux; la vapeur de soufre, dont elle s'est servie, n'a pas creusé mais légèrement brûlé sa peau. Le mal n'est donc pas irrémédiable. Parbleu! je vous connais, maître Varano, l'impossible vous irait mieux; vos découvertes sont théâtrales; vous avez imaginé, pour l'espèce, je ne sais quel masque, enduit de je ne sais quoi, qui étreint la tête du patient et peut l'étouffer si la peur le saisit... mais ceci vous regarde. Souvenez-vous seulement que si le malheur arrive, votre tête tombera. Que Dieu vous ait en sa sainte garde!... (*Des clameurs au loin.*) Ah! ah! mon peuple est en ébullition. — Voyez ce qui se passe!

Varano sort : les clameurs diminuent peu à peu.

SCÈNE III

CÉSAR.

Peuple!... Océan!... Tempêtes humaines!... Flux et reflux d'hommes, mais au-dessus ma volonté impassible et mon mépris!.. (*Les cris s'éloignent.*) Plus rien! (*Moment de silence.*) Je comprends Sylla. L'abdication est une volupté, la volupté du dédain!.. (*Jetant les yeux autour de lui.*) Mon passé semble revivre dans cette chambre. A vingt ans de distance, je m'y retrouve, comme autrefois, aux prises avec mon ambition et sur le point d'être écrasé par elle! Les mêmes meubles; presque aux mêmes endroits!... (*rêvant.*) Comme toutes ces niaiseries tiennent de place en nous!

SCÈNE IV

CÉSAR, SCOPA.

SCOPA.

Le peuple s'oppose à l'exécution du capitaine Andréa, monseigneur. La Capouane, qu'on a fait venir, l'excite, l'exaspère par ses larmes ; son désespoir le pousse à la révolte.

CÉSAR.

Ah!

SCOPA.

Le Pione s'est montré parmi les agitateurs. Fiamma est à Modène.

CÉSAR.

Ne m'as-tu pas dit qu'elle aimait Andréa?

SCOPA.

Je le répète.

CÉSAR.

Coup double alors, mon bon, coup double : Je me vengerai d'elle et de Lydia à la fois !

SCÈNE V

LES MÊMES, VARANO, puis LA CAPOUANE.

VARANO.

La Capouane est en bas, elle demande à être introduite auprès de Son Altesse?

CÉSAR.

Je ne veux voir personne !

VARANO.

On forcera les portes du palais, monseigneur !

CÉSAR, *à Scopa.*

Prends une compagnie de lansquenets, et balaye-moi ces insolents !

SCOPA.

A l'instant même, monseigneur !

LA CAPOUANE, apparaissant.

Vos armes, d'elles-mêmes, tourneront contre vous, allez !

Scopa sort en haussant les épaules. Verano le suit bientôt après.

CÉSAR.

Quelle est cette femme ?

LA CAPOUANE.

Cette femme, c'est la Capouane... Cette femme, c'est une mère... qui vient vous demander la grâce de son fils, monseigneur... ou disputer sa tête à vos bourreaux !

CÉSAR.

Tes prières ressemblent à des ordres, bonne femme, va-t'en !

LA CAPOUANE.

Vous ai-je dit que je priais?

CÉSAR.

Sais-tu à qui tu parles?

LA CAPOUANE.

Au duc de Modène, à César d'Este !

CÉSAR.

Qui es-tu, enfin ?

LA CAPOUANE.

Je suis Juana Santis, ta femme. Je ne réclame ni mon titre ni mes droits ; mon fils est condamné, il va périr, sauve-le, je te bénirai !

CÉSAR, à part.

C'est une folle !

Il va s'asseoir.

LA CAPOUANE.

Voici une plume... signe sa grâce, si tu ne veux pas que ton sang crie éternellement contre toi !

CÉSAR.

Oui, je le ferai !

LA CAPOUANE.

Signe, si tu ne veux pas qu'il te maudisse !

CÉSAR.

Bien, très-bien !

LA CAPOUANE.

Père dénaturé ! Ton cœur est éteint... tu n'as même pas reconnu ton sang... je te sauve de toi-même, signe, signe donc enfin !

CÉSAR, se levant, à part.

Elle m'a ému !

LA CAPOUANE.

Tu trembles !

CÉSAR, à part.

Mais non, cette chambre où le hasard nous a réunis, Juana Santis l'aurait déjà reconnue !

LA CAPOUANE.

Signeras-tu ?

CÉSAR.

Je ne suis pas ta dupe. Je ne le serai pas Mon fils... lui... Andréa .. Je le hais !

LA CAPOUANE.

Cela doit être... tu l'as renié, repoussé, chassé !

CÉSAR.

Je le hais !

LA CAPOUANE.

Cela doit être. Tu as été son rival !

CÉSAR.

Je le hais !... je le hais !...

LA CAPOUANE.

Comment en serait-il autrement, tu aurais à rougir de toi-même devant lui !

CÉSAR.

Je te ferai fouetter en place publique si tu as ta raison !

LA CAPOUANE.

Fais-le donc !... Debout sous l'outrage, ensanglantée sous le fouet, je crierai à la foule assemblée : « Approchez et re- » gardez... C'est Juana Santis, la duchesse de Modène, « dont on déchire les chairs... gardez... regardez !... »

CÉSAR.

On ne te croira pas!

LA CAPOUANE.

Es-tu sûr, toi-même, de ne pas me croire ?

CÉSAR.

Une preuve que tu ne mens pas... Dépêche-toi... la fatale charrette va passer?...

LA CAPOUANE.

La charrette des condamnés?... ton cœur a pu souhaiter ce spectacle!

CÉSAR.

Une preuve, et il vivra!...

LA CAPOUANE.

Des preuves? mais je n'en ai pas!

CÉSAR.

Elle mentait, je le savais bien!

LA CAPOUANE.

Non, écoute!... Mon Dieu!... Des preuves, dis-tu?.. Quoi! dans ma voix, dans mon regard, dans mes traits... bien que ruinés par le désespoir et la misère, il ne reste rien à la pauvre créature que tu as sacrifiée à ton ambition?...

CÉSAR.

La première aventurière venue en pourrait dire autant!

LA CAPOUANE.

Quoi! dans cette femme dévastée par le temps... minée par l'inquiétude... tu ne retrouves rien de celle que tu as aimée dans ta jeunesse!

CÉSAR.

Ma jeunesse est loin!

LA CAPOUANE.

On reconnait les morts, tu ne me reconnais pas, moi, vivante!

CÉSAR.

La tombe a ses clartés!

LA CAPOUANE.

Mère du Christ, inspire-moi!.. Écoute, César : J'étais une pauvre fille... tu t'es mis un jour à mes pieds, je t'ai repoussé... tu as voulu user de violence, j'ai résisté... Mon père est survenu... il allait te tuer... je me suis jetée entre vous deux... et j'ai reçu son poignard dans la poitrine... Te souviens-tu de cela?

CÉSAR.

Ce n'était pas un secret!

LA CAPOUANE.

Tu t'es repenti... tu m'as soignée... Et moi guérie... c'était le vingt-trois juin 1678... la nuit, dans la chapelle d'un palais, tu m'as donné ton nom... Un mariage aux flambeaux... triste comme ma vie! En sortant de la chapelle, je me suis heurté le pied droit... et tu as ri... T'en souviens-tu?

CÉSAR.

Souvenirs éteints!

LA CAPOUANE.

Le lendemain même de notre mariage, tu partais pour Ferrare... On y donnait un tournoi... ce fut ma première douleur...

CÉSAR.

J'ai vu pleurer bien des gens!

LA CAPOUANE.

Que lui dire pour que la vérité le saisisse!... Le jour de la naissance d'Andréa...! Ah!... écoute bien cela, César!... Le jour où Andréa vint au monde... tu avais choisi ce jour-là pour séparer nos deux existences... Affolée par le désespoir, je sautai à bas de mon lit et me précipitai vers la fenêtre, mon fils dans mes bras... Tu eus la cruauté de me retenir... Est-ce vrai, César, est-ce vrai?... Et tu m'as laissé pour adieu ces paroles : « L'arrivée du fils vous consolera de l'é» loignement du père!... » Est-ce vrai, est-ce vrai?

CÉSAR.

On peut te l'avoir raconté.

LA CAPOUANE, *désespérée.*

Mon Dieu, je ne le convaincrai pas!... Je sais bien à quoi tu penses, va!... Tu te répètes tout bas que Juana est morte... morte à Venise et son fils avec elle... Eh bien, non!... Pour échapper aux persécutions... pour garder mon enfant près de moi, j'ai inventé ce double mensonge... je l'ai fait!... Envoie quelqu'un au cimetière de San-Carlo, qu'on brise la pierre où est écrit : « Ci-gît le fils de Juana Santis. » On ne trouvera qu'un cercueil vide!...

CÉSAR.

Vide?

LA CAPOUANE.

Bientôt je disparus à mon tour. On retrouva mes vêtements en lambeaux flottant dans les lagunes, et l'on s'est dit : « La mère a suivi le fils, elle s'est noyée! » Me crois-tu maintenant?

CÉSAR.

Non.

LA CAPOUANE.

Non?... (*Se tordant les mains en jetant autour d'elle des regards désespérés.*) Non!... non!... non!... (*Tout à coup elle pousse un cri de joie.*) Ah! tu ne nieras plus à présent!...

CÉSAR. *Il a suivi l'expression et la direction de ses yeux. A part.*

Elle se souvient!

LA CAPOUANE.

C'est ici... dans cette tour... Ah! oui, c'est bien cela!

CÉSAR, *à part.*

Ce serait donc elle!

LA CAPOUANE.

Tu me fis signer l'acte de divorce sur cette table!.. Oui, c'est la même!... J'étais là, toi ici... un serviteur... ton âme damnée, Scopa, était à ma droite... il me tendit la plume... je signai et m'évanouis!...

CÉSAR.

Ce n'est pas tout?

LA CAPOUANE.

En effet!... j'avais résisté... pour me soumettre... Ah! le monstre!... Scopa ouvrit une armoire masquée dans le mur... Elle doit être là!... il y prit un verre et deux flacons aux armes de la maison d'Este... (*Elle va à l'armoire cachée, pousse un bouton et l'armoire s'ouvre.*) Les voilà encore sur leur plateau d'or! Il prit le plateau qu'il posa sur la table... comme je le fais!..

versa lentement le poison... ainsi !... (*Elle verse le contenu d'un des flacons dans le verre*) et me dit : « Si tu refuses, il ne te reste qu'à boire ce poison, le tour de ton fils viendra bientôt ! » Tu étais là et tu laissais dire !... Mon amour pour Andréa l'emporta... J'eus peur... je signai ! Me reconnais-tu ?

CÉSAR.

Oui.

LA CAPOUANE, *avec joie.*

Dieu bon, tu retrouves ton père, Andréa !

CÉSAR.

Juana Santis existe, elle est devant moi, mais rien ne me prouve que son fils soit le mien.

LA CAPOUANE.

Il doute encore !

CÉSAR.

Si mes yeux, mes souvenirs, mon cœur lui-même me portent vers vous, je n'en dirai pas autant pour Andréa.

LA CAPOUANE.

C'est votre fils, je vous le jure !

CÉSAR.

Une mère peut mentir pour assurer un nom à son enfant.

LA CAPOUANE.

Ce serait un crime !

CÉSAR.

Un crime qui rapporte un trône est déjà glorieux.

LA CAPOUANE.

Un trône n'efface pas, ne rachète pas l'infamie qu'on commet pour y monter !

CÉSAR.

Mon Dieu, madame... votre fils... notre fils... vous pourriez l'avoir perdu... cela s'est vu... perdu et remplacé !

LA CAPOUANE.

Je me serais donc prostituée ?

CÉSAR.

Je ne dis pas cela !

LA CAPOUANE.

Et c'est à une mère comme moi... à une femme comme moi que vous osez...

CÉSAR.

Je me défends !

LA CAPOUANE

Il se défend !... Le cri du sang est muet chez lui !... (Elle va et vient dans une grande agitation.) Voyons !... du sang-froid !... Ah ! folle !... (Elle va s'asseoir, à la table et plonge sa tête dans ses mains.) Folle !... folle !... (Après un moment de silence, ses yeux s'arrêtent sur le verre. Elle a comme un éblouissement. A César.) Si je te donnais une preuve irrécusable ?...

CÉSAR.

Devant Dieu qui m'entend, tu serais duchesse de Modène !...

LA CAPOUANE.

Parlons de lui seulement !

CÉSAR.

J'aurais un héritier, un fils !

LA CAPOUANE.

Tu me le jures ?... Ah ! ne jure ni sur Dieu ni sur ton âme, tu n'y crois pas !

CÉSAR.

Sur ma couronne, sur mon nom !... Cette preuve maintenant ?

LA CAPOUANE, vidant le verre d'un trait.

La voilà !

CÉSAR.

Grand Dieu !

Il lui arrache des mains le verre, mais trop tard.

LA CAPOUANE.

Cela te suffit-il ?

CÉSAR.

Malheureuse !

LA CAPOUANE.

On ne ment pas devant la mort : j'ai été une fidèle épouse... Andréa est ton fils !

CÉSAR.

Elle est perdue !... Du secours !... (Criant de la porte du fond.) Varano !...

SCÈNE VI

LES MÊMES, VARANO.

CÉSAR.

Eh! arrive donc !... Elle a bu de ce poison !

VARANO.

Ah ! (Il se précipite dans le laboratoire et revient aussitôt avec le contre-poison.) On peut encore le combattre peut-être !

CÉSAR.

Vite, vite !

LA CAPOUANE, prenant le flacon.

La vie ?... Tu croirais être quitte envers moi... Non, notre fils d'abord !

CÉSAR.

Ta mort serait entre lui et moi une malédiction, Juana... Le fatal breuvage fait son œuvre... chaque minute que tu perds le seconde... bois... bois !

LA CAPOUANE.

Le reconnais-tu pour ton sang ?

CÉSAR.

Oui... oui !...

Rumeurs au loin.

LA CAPOUANE.

Écoute !... (On entend la voix du crieur public lisant la sentence d'Andréa.) C'est ton fils qu'on conduit à l'échafaud, César !

CÉSAR.

Dieu !

LA CAPOUANE.

Ils vont passer sous cette fenêtre !... ils s'approchent !... les voilà !... (Le crieur, sous la fenêtre, relit la sentence.) C'est bien ton fils qu'on conduit à la mort, César, que feras-tu ?

CÉSAR, se précipitant à la fenêtre.

Arrêtez !... Je fais grâce !... je pardonne !...

LA CAPOUANE.

Tu n'as pas dit son nom.

CÉSAR, criant à la foule.

Au capitaine Andréa !... à Andréa César d'Este, mon fils!..

LA CAPOUANE.

Il a un nom !

VOIX, au dehors.

Vive le duc!... vive le duc!

CÉSAR, à la Capouane.

Il est libre... mes bras lui sont ouverts... vis pour moi.. vis pour lui !..

LA CAPOUANE, chancelante.

Je n'ai plus rien à souhaiter !... ma joie me tue !

CÉSAR.

Non, c'est le poison !

SCENE VII

LES MÊMES, ANDRÉA.

ANDRÉA, entrant.

Du poison !

LA CAPOUANE.

Mon fils !... ah ! je veux vivre !

Elle fait un effort pour porter le flacon à ses lèvres, sa main retombe inerte et glacée.

VARANO, à part.

C'est la mort !

LA CAPOUANE.

Tu viens à temps pour m'embrasser !

ANDRÉA,

Ma mère !

LA CAPOUANE.

C'est moi qui ai tout fait !...

ANDRÉA.

On t'y a poussée !...

LA CAPOUANE.

Non !... Ton père t'est rendu !. . Je m'en vais contente !... Adieu !...

(Elle tombe et meurt.

ANDRÉA, se jetant sur elle.

C'est fini !... Un souvenir !... une ombre !... plus rien !... Ah ! Dieu !

Il pleure.

CÉSAR.

Nous pleurerons ensemble, Andréa !

ANDRÉA, se redressant.

Ensemble !

CÉSAR, lui ouvrant ses bras.

Mon fils !

ANDRÉA.

Je n'ai été et ne serai que le fils de la Capouane.

Il prend le corps de sa mère dans ses bras, le serre contre son cœur et veut sortir.

CÉSAR, suppliant.

Andréa !

ANDRÉA.

Place à l'orphelin, monsieur, place !

Il sort.

CÉSAR, se laissant tomber sur un siége.

C'est le châtiment !

DEUXIÈME TABLEAU.

Les roches du Val-Brulé. — Entassement de rochers de formes bizarres, coupé par un gouffre et un torrent. — Pas de chemin pour traverser le théâtre. — A gauche, sur le premier plan, un des rochers surplombé sur le gouffre, montrant, béante, une grotte creusée dans ses flancs; elle est praticable et se perd dans la coulisse. — Du côté opposé, à droite du spectateur, sur un terrain élevé, inabordable, les ruines de la tour du Val-brûlé, mais encore habitable dans une de ses parties. C'est la demeure de Lydia. — Une fenêtre sur les rochers. — Une porte à droite. — Des pins, qui prennent racine dans le précipice même, arrivent par leurs cimes à la hauteur de la fenêtre. — Clair de lune.

SCÈNE PREMIÈRE

LYDIA, FRANCESCO, LE PIONE, ANDRÉA, UN CAPITAINE.

Lydia, dans la tour, est assise sur un escabeau dans un coin, les coudes sur les genoux et la tête plongée dans ses mains. Cette chambre est triste, délabrée, d'architecture bizarre ; une lampe allumée sur la cheminée laisse tomber sa lumière tremblante et douteuse. Francesco, le fusil à l'épaule, monte la garde sur le rocher du premier plan à gauche Arrivent le Pione et un Capitaine.

FRANCESCO, criant.

Qui vive?

LE CAPITAINE.

Ami!

Ils échangent quelques mots, Francesco cède sa place au Pione.

FRANCESCO.

Vous n'allez pas vous amuser.

LE PIONE.

J'ai choisi ce poste!

FRANCESCO.

L'idée de placer une sentinelle au Val-Brûlé ne me serait jamais venue.

LE CAPITAINE.

Salviati marche à la tête des mécontents contre Modène, nous lui avons promis de veiller sur sa fille.

LE PIONE.

On a essayé de l'enlever ?

LE CAPITAINE.

Parfaitement, sur l'ordre de César d'Este.... le tyran veut faire disparaître la preuve vivante de son crime!

FRANCESCO.

Mais comment veut-on... à moins que ce ne soit un fou... qu'un homme aille s'aventurer par là pour arriver à Lydia... Les chèvres elles-mêmes redoutent le Val-Brûlé et rebroussent chemin dès qu'elles l'aperçoivent !

LE CAPITAINE

Ce n'est pas notre affaire !... (Au Pione.) Vous savez la consigne?

LE PIONE.

Crier Qui vive: Si on répond, conseiller aux gens de se retirer; si on persiste...

LE CAPITAINE.

Une bonne balle dans la tête, vous y êtes !

FRANCESCO.

Bonne nuit !

Ils sortent.

LYDIA, à elle-même.

On pourrait me guérir !.. si je consultais Andréa. Non, je ne le verrai jamais !.. jamais, je souffre trop !

LE PIONE.

Elle est encore chez elle. Elle a refusé de vous suivre. J'étais là. Fiamma lui a dit : « Vous changerez d'avis. Dans » ce cas, placez une lampe à votre fenêtre, le Pione me » préviendra et Varano sera à vos ordres.» J'attends le signal.. (Écoutant.) On a marché, je crois !.. non.

Il reprend sa faction.

LYDIA.

Me guérir... ou me tuer !.. Que deviendrait mon pauvre père sans moi !..

Andréa paraît dans la grotte.

ANDRÉA, regardant dans le gouffre.

Non, pas de ce côté, c'est impraticable !

Il cherche un autre chemin.

LYDIA.

Mourir !.. ce ne serait rien mais; si j'allais devenir folle... (Se levant avec épouvante.) Ah ! la lai eur de l'âme !

ANDRÉA, montrant la maison de Lydia.

Ah ! tu m'as fermé ta porte, cruelle fille !... je te prouverai bien que je t'aime!... oui, cruelle entre toutes!... Cette dame, autrefois, qui a jeté son mouchoir presque sous les défenses d'un lion pour éprouver le cœur de son amant, était moins orgueilleuse et moins féroce que toi!... Eh bien! les lions ne sont rien comparés à ces roches farouches... leurs griffes sont moins tranchantes que ces pics... leur gueule moins profonde que ce gouffre... et l'homme qui roulerait là... On dirait des lions de pierre, en effet, des Sphinx!... J'en serai l'Œdipe!... Si le pied me manque, je pousserai un cri qui ira jusqu'à ton cœur, Lydia... et tu me verras gisant, ensanglanté, brisé... au fond de l'abîme... Tu ne pourras plus douter de mon amour au moins! .. ce seront mes adieux!...

Il cherche un endroit pour passer. Le Pione a reparu.

LE PIONE.

On dirait qu'on a parlé en dessous!... (Il approche du précipice, veut regarder et recule avec effroi.) Ah! quel gouffre! (S'appuyant contre le rocher.) J'ai presque le vertige!...

ANDRÉA, après avoir de nouveau regardé dans le précipice.

Non, c'est impossible!... par là, alors!...

Il disparaît.

LE PIONE, se remettant et écoutant.

C'est bien une voix!... (Collant son oreille contre terre, se relevant.) Je me suis encore trompé!...

Il reprend sa faction.

LYDIA, à elle-même.

Mon pauvre Andréa!... non, je suis seule à plaindre!... je doute du monde entier à présent!... (Apercevant un miroir qui est posé sur une chaise.) Qu'est-ce que ça? (Elle le prend.) Un miroir!... (Se levant.) La cruelle créature, c'est elle qui l'a laissé! (Silence.) Suis-je toujours aussi laide?... je n'ose plus me regarder! tu n'as pas à te plaire, malheureuse!... (Elle se regarde et recule épouvantée d'elle-même.) Horreur!... (Brisant le miroir.) Miroir maudit, tu ne peux donc pas mentir?... (Allant se cacher dans un coin, ses vêtements ramassés sur sa figure.) Ah! laideron, cache-toi!... hibou, cache-toi... cache-toi!...

LE PIONE, les yeux fixés sur la fenêtre de Lydia.

Rien encore!..

LYDIA.

J'étouffe!

Elle va respirer à la fenêtre.

LE PIONE, l'apercevant.

Pauvre fille!

LYDIA, tressaillant.

Que vois-je là-bas?... sur la pente du gouffre?... Dieu! c'est Andréa!

LE PIONE.

Qu'a-t-elle donc?

LYDIA.

Il vient vers moi!.. ah! la lune se voile!... il ne verra plus où poser le pied, il est perdu!

LE PIONE.

Que regarde-t-elle? (Il suit la direction des yeux de Lydia et aperçoit Andréa, mais l'obscurité l'empêche de le reconnaître.) Un homme!...

LYDIA, criant.

Ah! l'imprudent!... And!... (Elle s'arrête.) Malheureuse, tais-toi, ta voix le troublerait, et ce serait une mort certaine, alors!...

Andréa descend à travers mille difficultés et mille dangers dans le précipice qui divise les deux îlots de rochers, et disparaît.

LE PIONE, penché sur le gouffre.

Il se dirige vers la tour.

LYDIA, sans voir le Pione.

Mon Dieu, protégez-le!

LE PIONE, armant son fusil.

Ils avaient raison; Lydia est menacée!... tu n'arriveras pas jusqu'à elle, bandit!

Il fait feu.

LYDIA, dans une angoisse indicible.

Ah! est-ce sur lui qu'on a tiré?... Je ne le vois plus!... il est mort!... Non, le voilà!

LE PIONE, rechargeant vivement son arme.

La saillie du rocher l'a protégé!...

LYDIA, apercevant le Pione.

Ah! l'assassin!... il recharge son fusil! Ah! mon Dieu!... je suis seule!... il le met en joue!... (Courant à la porte et criant)

Au secours, au secours! va-t-on l'égorger sous mes yeux!...
Pendant ce temps, Andréa monte, descend, paraît et disparaît selon les accidents des rochers, pendant que le Pione, l'arme à l'épaule, l'ajuste et le suit dans tous ses mouvements, attendant le moment propice pour tirer.

LE PIONE.

Je ne te manquerai pas, cette fois!

Au moment où il va tirer, Lydia se jette à la fenêtre.

LYDIA, *dans un cri désespéré.*

Cache-toi, Andréa, cache-toi!

LE PIONE, *s'arrêtant.*

Andréa!

LYDIA, *de même.*

Va-t'en... va-t'en!...

LE PIONE.

C'est bien lui!... j'allais faire de belles choses!

Andréa avance toujours. Il s'accroche à la branche d'un pin et s'élance sur le terre-plein de la tour, et de là, par la fenêtre, dans la chambre de Lydia

SCÈNE II

LES MÊMES, LYDIA.

ANDRÉA, *entrant dans la chambre.*

C'est moi, Lydia!

LYDIA.

Ah! vivant! (*Elle court vers lui, veut se jeter dans ses bras, s'arrête, et ramène brusquement son voile sur son visage. A part.*) Si j'allais encore lui faire horreur!

ANDRÉA.

Ah! ne te détourne pas! tu ne peux plus douter de mon amour... tu es ma fiancée..... nous serons mariés bientôt... regarde-moi!

LYDIA, *à part.*

Un baiser!

ANDRÉA.

Je t'en prie, Lydia?... laisse-moi prendre sur ton front

mon premier baiser... que nous appellerons le baiser du pardon?

LYDIA, *à part.*

Mariés !

ANDRÉA.

Je ne suis pas digne de toi, je le sais bien !... est-ce ma faute, enfin?... mais songe donc!... mes yeux étaient pleins de ton image rayonnante... remplis de ta grâce et de ta beauté... tout à coup...

Il s'arrête glacé par son émotion.

LYDIA.

Tu vois, tu frémis encore !

ANDRÉA.

Oui, tout mon être s'est abîmé dans une immense douleur... oui, mes yeux se sont fermés comme pour échapper à une vision terrible... ma chair a frémi... mon sang s'est glacé... et c'était toi pourtant!... toi !... ce seul mot a remis mon cœur en place!... je n'ai plus trouvé qu'une parole sur mes lèvres : Je t'aime!... Je viens d'affronter mille morts pour te le prouver!... Il existe un amour qui ne regarde pas avec les yeux du corps, et c'est le vrai l'éternel... l'éternel !... il sourit aux imperfections... il se fait aux rides... à la vieillesse, à la mort... c'est l'amour de l'âme... Lydia, c'est cet amour que je t'offre avec ma vie!

Il tombe à ses pieds.

LYDIA, *très-émue.*

Andréa !

ANDRÉA.

Je t'aime ! (*Andréa est de plus en plus exalté. Lydia lui montre brusquement son visage.*) Je t'aime ! (*Elle va prendre la lampe et s'éclaire le visage en se penchant vers lui pour lui montrer toute sa laideur. Andréa avec tendresse.*) Je t'aime, et t'admire!...

Elle va à reculons vers la fenêtre, regardant toujours Andréa qui est à genoux, les mains tendues vers elle, puis, sans se détourner, elle présente la lampe à la fenêtre.

LE PIONE.

Le signal ! courons prévenir Fiamma !

Il disparaît.

ANDRÉA.

Que fais-tu ?

LYDIA.

Rien !... Relève-toi ! je te prouverai, moi aussi, que je t'aime !

ANDRÉA, lui baisant les mains.

Ah ! tu me pardonnes.

LYDIA.

Reviens demain !... (A part.) Vivante, nous serons heureux... Morte, je serai peut-être moins laide à voir...

ACTE CINQUIÈME

La chambre des aigles, au palais ducal. A droite, le trône.

SCÈNE PREMIÈRE

CÉSAR, puis SCOPA, puis LES SOLDATS.

Cris et fusillades au loin, de temps en temps le canon. César entre en désordre, couvert de poussière et de sang ; il a son épée à la main, son chien le suit, conduit par le Négrillon.

CÉSAR, jetant son épée sur la table.

C'est fini!... (On entend des fusillades.) Allez... allez!... il vous faut bien une heure pour prendre ce palais, mon œuvre sera faite pendant ce temps!... je ne veux pas tomber, je veux disparaître!.. (S'asseyant.) J'aurai mené pleine et joyeuse vie au moins! (Appelant son chien.) Jupiter!... viens donc!.. (Le caressant.) Tu trembles!... je sens la mort, n'est-ce pas?... Nous aurons de magnifiques funérailles, sois tranquille!..

Entre Scopa, il est sombre.

SCOPA.

Vos ordres sont exécutés, monseigneur!

CÉSAR, tout en caressant son chien.

Je puis compter sur toi?

SCOPA, suppliant.

Monseigneur!... monseigneur!...

CÉSAR.

Tu oublies nos conventions.

SCOPA.

Une pareille mort !... vous !

CÉSAR.

Tu es dégoûté. Puis-je compter sur toi ?

SCOPA.

Oui, monseigneur.

PREMIER SOLDAT, accourant.

Monseigneur... monseigneur... l'ennemi a forcé les portes... l'ennemi est là dans la ville !

CÉSAR.

Dans la mêlée, as-tu aperçu le capitaine Andréa ?

PREMIER SOLDAT.

Non, monseigneur !

DEUXIÈME SOLDAT.

On attaque la forteresse, monseigneur... nous manquons de munitions... nous manquons d'hommes !

CÉSAR.

Andréa est-il parmi les assiégeants ?

DEUXIÈME SOLDAT.

Non, monseigneur !

CÉSAR, avec joie, à Scopa.

Scopa, il n'a pas porté les armes contre moi !... (A lui-même.) Mon fils !... s'il avait voulu seulement m'embrasser, j'aurais été invulnérable, Scopa, invaincu !... Un fils !... un fils !.. on sent pour qui on lutte !... on n'est pas seul !... tout est là peut-être !... Je ne sais quel regret me torture ; sentiment obscur qui, tout à coup, a pris racine en moi comme ces fleurs qui poussent subitement en une nuit. De fâcheuses nouvelles m'assiégeaient de tous côtés, : « Votre peuple vous » menace !... » Intérieurement, je me disais : Si j'avais un fils, j'en rirais !... « Renaud d'Este marche sur Modène à la » tête de dix mille hommes !... » Si j'avais un fils, nous irions ensemble balayer ces vagabonds !.. « Votre trône est sapé » par la base, il chancelle. » Si j'avais un fils, un héritier, je triompherais pour lui apprendre à vaincre, et j'étayerais, au besoin, mon trône de ma tête pour qu'il puisse s'y asseoir un jour!.... Tu ne comprends pas ça ?

SCOPA.

C'est un sens qui me manque.

CÉSAR, aux autres.

Soyez les bienvenus, vous qui faites cortége à ma défaite. Votre paye vous est due ; je m'acquitte, morbleu, je vous donne dix minutes de pillage !

PREMIER SOLDAT.

Ce sont vos ennemis qui triomphent, monseigneur !

CÉSAR.

Je ne leur laisserai pas un écu !... ce palais est à vous !.. Pillez !... emportez !... même mon trône si vous le voulez !...

LES SOLDATS, s'éparpillent dans le palais en criant.

Vive César d'Este !

SCÈNE II

CÉSAR, SCOPA.

CÉSAR.

Tu ne prends pas ta part ?

SCOPA.

Non, monseigneur.

On entend des tumultes et le cliquetis du fer dans les chambres environnantes.

CÉSAR, riant.

Ah ! ah ! ils se battent !

SCOPA, criant.

Allez plus loin, bandits !

CÉSAR.

Ma dernière fantaisie !... (A Scopa.) A ton poste !... Préviens-les, en passant, du danger qu'ils courent s'ils s'attardent (Lui tendant la main.) Adieu !

SCOPA, refusant de lui prendre la main.

Je ne pourrai jamais !

CÉSAR.

Alors, va-t'en!

On entend au loin la fusillade et le canon.

SCOPA.

Ce sont des vaillants là-bas, qu'on mitraille sans que vous leur ayez tendu la main, monseigneur !...

CÉSAR.

Regarde mon épée, elle a du sang jusqu'à la garde !

SCOPA.

Essuyez-la, et recommençons ! tenez, écoutez ces fusillades... ces cris!... on se bat pour vous, on meurt pour vous et vous n'êtes pas là !...

CÉSAR.

J'ai payé ma dette, je suis las de tuer !

SCOPA.

Vous tomberez peut-être vivant au pouvoir de Renaud d'Este!

CÉSAR.

Rassure-toi !

SCOPA.

Votre palais serait envahi... et par qui? par un ramassis de vagabonds conduits par un prêtre !

CÉSAR.

Mon palais disparaîtra avec moi !

SCOPA.

Et votre trône subirait cet outrage !

CÉSAR.

Mon trône disparaîtra aussi !

SCOPA, montrant la couronne.

Et votre couronne la couronne, du grand Alphonse, connaîtrait cette honte ! c'est à Fiamma que vous le devez... elle vous a tenu parole!...comme le Génie de la révolte elle souffle sa haine dans les âmes !... Ah ! réfléchissez, monseigneur !... bien vivre, c'est beau; mais mourir dignement, c'est quelque chose !... Il ne faut pas, de dédain, qu'on essuie ses semelles sur votre tombeau !... Mort, il convient qu'on vous redoute encore !... César d'Este ne doit pas être rangé parmi les oubliés de l'Histoire !

CÉSAR, dédaigneusement.

Oh! l'histoire!... (Il fait le geste de donner une chiquenaude.) Tiens!

SCOPA.

Oui, une chiquenaude sur le nez, c'est tout ce qu'elle vaut!... mais elle fera la dédaigneuse à son tour... elle ne dira pas que vous avez existé, régné, étonné le monde!

CÉSAR, haussant les épaules.

La gloire!

SCOPA.

Autre chiquenaude, à merveille!... Mais, que diable, un capitaine comme vous ne peut s'avouer vaincu que sur un champ de bataille, s'il est terrassé, garrotté, mitraillé et mort!... La bataille!... mais c'est l'espérance... c'est la ressource des mâles!... les chances tournent si vite!... de vaincu on devient vainqueur... on sort de son sépulcre... on relève son drapeau... on remonte sur son trône... et le monde stupéfait et charmé vous salue comme un héros!...

CÉSAR, avec un douloureux soupir.

Mon fils me méprise, Scopa, il suffit!

SCOPA.

Forcez-le à vous admirer! vivez pour lui... défendez-vous pour lui... triomphez pour lui!

CÉSAR.

Il ne m'aimera jamais!

SCOPA.

Moi, je vous aime, monseigneur! venez voir mourir votre vieux Scopa pour vous!... Tenez, me voici à vos pieds!... (Suppliant.) Monseigneur! monseigneur!... (César ne répond pas.) Vous voulez attendre la mort ici... eh bien! je reste... nous mourrons ensemble!

CÉSAR.

Je te le défends! (A son chien.) Tu as de grosses larmes aussi dans les yeux, toi!... (Il essuye ses yeux.) Je ne veux pas que tu meures non plus!... (A Scopa, en essayant de cacher son émotion par une plaisanterie.) Emmène-le, Scopa... c'est la seule bête que j'aime... après toi!...

SCOPA, sans répondre, montrant son épée.

Confiez-moi cette épée, monseigneur... c'est la vôtre... je ne lui ferai pas honneur, car c'est l'arme d'un glorieux et vaillant capitaine... mais je ne la déshonorerai pas, je vous le jure !

CÉSAR.

Prends !

SCOPA, prenant l'épée.

Merci, monseigneur ! (On entend un feu nourri et du canon.) Tenez, le gros de l'ennemi est là (Montrant le chien.) Nous serons là tous deux, monseigneur ! et si je suis vaincu, j'exécuterai vos ordres alors... vous serez enseveli dans notre défaite ! Viens, Jupiter, tu les mordras aux jambes, si tu peux !... Au revoir, monseigneur... ou adieu !

CÉSAR.

Embrasse-moi !...

Ils s'embrassent.

SCOPA.

Adieu !... adieu !...

Il sort.

SCÈNE III

CÉSAR, seul.

Vienne la mort maintenant, elle trouvera à qui parler !... Moi qui portais les destinées d'un peuple dans cette main fermée !... j'aurais beau l'ouvrir, il n'en sortirait même pas mon salut !... Ah ! l'homme n'est rien !... poussière qui tourbillonne sous le soleil ! grain de sable sous une meule que fait mouvoir le hasard !

Il s'assied. Mousquetades et bruit de canon au loin. Entrent Fiamma et le Pietro.

SCÈNE IV

CÉSAR, FIAMMA, LE PIONE.

CÉSAR, écoutant la fusillade.

Ils approchent!... très-bien!... très-bien!... la mort sera ici avant vous!

FIAMMA.

Mais après moi!... J'aurais été vous chercher jusqu'au fond de votre sépulcre pour vous dire : C'est moi qui ai tout fait... tout miné... tout conduit... c'est moi qui vous renverse et vous brise... ma vengeance est complète maintenant ; adieu!

CÉSAR, se plaçant entre elle et la porte.

Si tôt?

FIAMMA.

Vous ne m'effrayez pas, entendez-vous!... je peux me défendre... mes précautions sont prises!...

CÉSAR.

Ah!

FIAMMA, montrant le Pione.

Vous êtes seul, nous sommes deux... vous n'êtes pas armé, il l'est, lui!

LE PIONE, résolûment.

Oui!

CÉSAR.

Et tu me casserais la tête?

LE PIONE.

Au premier geste, au premier mot de dona Fiamma!

CÉSAR, souriant.

A merveille!.. (A Fiamma.) Mon successeur?.. Vous les choisissez bien, madame!

FIAMMA.

Quand cela serait?.. vous ne valez pas mieux!.. Vous m'avez chassée de ce palais, je vous en chasse à mon tour...

Vous m'avez souffletée et huée, je vous déshonore et vous livre aux sarcasmes, à mon tour... Vous êtes déjà peu de chose à cette heure, vous ne serez rien dans un moment !... Vous aurez vu l'immense sépulcre où vos ambitions et vos espérances se sont ensevelies, et vous vous coucherez avec elles dans le néant !.. Ah ! je suis une femme bonne tout au plus à amuser vos caprices !.. Ah ! je n'étais que cela !.. une chose !.. un jouet !.. une honte satisfaite et vêtue de soie !.. Eh bien non ! tes mépris m'ont fait une fierté !..... Ma joie à cette heure, c'est d'avoir risqué ma vie pour bien me repaître de ta pâleur !.. Être foudroyé, c'est grand, on peut encore lever les poings contre le ciel !.. Être terrassé par un Alexandre ou un Attila, ce n'est pas une honte, on peut marquer sa place et étonner encore le monde en tombant !.. Mais vaincu, par qui ?.. par une fille de plaisir !... écrasé, par quoi ? sous des chiffons ! Trouves-tu cela assez ridicule, dis ?

CÉSAR.

Assez, oui !

FIAMMA.

En ce moment, l'ennemi prend les faubourgs de la ville !

CÉSAR.

Après ?

FIAMMA.

Il entre dans Modène !.. A lui les rues et les portes... à lui ton palais... à lui ta personne et ton sceptre !

CÉSAR.

Après ?..

FIAMMA.

Abîme et ruines !... décombres fumants, amoncelés les uns sur les autres, au-dessus desquels on me verra surgir régénérée, vengée et triomphante !

CÉSAR, terrible.

Au-dessus ?.. non, au-dessous ! (Il ferme les portes et jette les clefs par la fenêtre : mouvement de Fiamma.) Mort-Dieu ! ne tremblons pas... Je vous fais une dernière gloire, je vous ensevelis avec moi !

FIAMMA.

Avec vous?

CÉSAR.

Que fait l'amiral sur son vaisseau?.. il cloue son pavillon au grand mât et se fait sauter!...

FIAMMA.

Dieu !

CÉSAR, *terrible.*

Dieu est sourd, ma colère seule crie contre, le fer l'entend !.. (*La trainant à la fenêtre.*) Regarde!.. je veux que tu regardes!.. on se sauve d'épouvante... le fer et le feu éclatent! .. Les mousquetades redoublent et se rapprochent! Les gens de Renaud d'Este pénètrent dans Modène!.. A bas les portes!.. à eux les rues...à eux bientôt mon palais, ma personne et mon trône!.. à eux!.. à eux!.. Et tu as osé venir me le dire... Par le ciel! sois satisfaite : Ce palais est miné, Scopa est à son poste, nous allons mourir!

FIAMMA.

Mourir!

CÉSAR.

Écoute!.. cette voix sourde qui rappelle les rumeurs de l'Océan, c'est celle de l'incendie... sens-tu venir l'effroyable marée qui va nous engloutir tous les deux. Les flammes montent, vague par vague, et emportent, flot par flot, les épaves de ce palais... tout craque, tout croule sous leurs baisers furieux. Les voilà qui lèchent ces murailles... les voilà qui les entourent... elles nous appellent... elles nous enveloppent... elles nous attendent!... Viens!...

FIAMMA, *se débattant.*

Cette mort est horrible!...

CÉSAR.

Horrible, quand je la partage avec toi?... Ingrate! Ne nous sommes-nous pas promis bien souvent de vivre et de mourir ensemble... Ne nous sommes-nous pas juré un éternel amour?... L'incendie scelle nos serments; il nous prendra dans les bras l'un de l'autre, viens... viens.. c'est un avant-goût de l'enfer!

FIAMMA.

A moi, le Pione!

Le Pione, le poignard levé, se jette sur César; mais celui-ci le terrasse et le tient, désarmé, sous son pied.

CÉSAR.

Pygmée!

FIAMMA.

Je suis chrétienne!... un prêtre!...

CÉSAR.

Nous serons damnés!

FIAMMA.

Seigneur, mon Dieu!... (A César.) Épargne-moi un dernier crime alors... Lydia est là haut!

CÉSAR.

Lydia!

FIAMMA.

Andréa mourrait de sa mort.

CÉSAR.

Andréa?... pourquoi pâlis-tu à ce nom?

FIAMMA.

Tu as tressailli, toi?

CÉSAR.

C'est mon fils!

FIAMMA.

Je l'aime!

CÉSAR.

Toi? Lui!

FIAMMA.

Je ne le lui ai jamais dit!

CÉSAR.

Ça te sera compté!...

FIAMMA.

Lydia est chez Varano. Cherche la porte secrète; elle doit être là!

CÉSAR, allant à la porte.

Fermée!... (L'enfonçant.) Terre et cieux!

Il disparaît.

FIAMMA.

Sauve-moi, mon Pione!

LE PIONE.

J'essayerai !..

Ils sortent par la porte secrète. Incendie, écroulement des murs. — On entend des cris de : Au feu ! au secours ! sauvons le palais! Des hommes et des femmes dans le fond, courent emportant leurs effets. Arrive Andréa par la porte de gauche, pâle, désespéré, en désordre.

SCÈNE V

ANDRÉA, FIAMMA, LE PIONE, CÉSAR, LYDIA.

ANDRÉA, entrant.

Le duc est ici !.. Devant son malheur, je ne suis que son fils!.. Mon père, où êtes-vous?... où êtes-vous, mon père?.. (Il se dirige vers la porte secrète ; le plafond tout entier s'écroule, il n'a que le temps de se rejeter en arrière. D'effroi il cache sa tête entre ses mains.) Ah !

Au haut d'un escalier encore debout, on aperçoit César ensanglanté et chancelant, mais tenant Lydia évanouie entre ses bras. Au bas de l'escalier, presque à la porte, Fiamma chancelante, aussi blessée.

LE PIONE, soutenant Fiamma.

Vous êtes blessée, maîtresse ?

FIAMMA, se dégageant de ses mains.

Laisse-moi ! (Elle entre se traînant vers le trône.) Ce trône n'a pas voulu de moi, vivante... morte, je m'impose !...

Elle a monté sur le trône et meurt.

ANDRÉA, se retournant et apercevant César qui descend l'escalier avec Lydia toujours dans ses bras.

Mon père !.. que vois-je !.. Lydia dans ses bras !.. sans mouvement !.. serait-elle morte !.. Ah ! mon Dieu ! (Il recule épouvanté pendant que César approche.) Elle est morte !.. elle est morte !...

CÉSAR, lui met entre les bras Lydia qui est revenue à la beauté.

Non... elle est vivante !.. (Tombant sur ses genoux.) c'est moi qui meurs !...

ANDRÉA.

Mon père !..

CÉSAR.

Il m'a appelé son père !..

LYDIA, revenant à elle, à Andréa.

Emmène-moi !.. emmène-moi !...

CÉSAR.

Je vous bénis !

Il retombe et meurt.

Andréa embrasse son père et emmène Lydia aux lueurs de l'incendie qui va croissant.

FIN

Clichy. — Imp. de Maurice Loignon et Cie, rue du Bac-d'Asnières, 12.

www.ingramcontent.com/pod-product-compliance
Ingram Content Group UK Ltd.
Pitfield, Milton Keynes, MK11 3LW, UK
UKHW031901260826
14628UKWH00002B/911